V

COMPTE RENDU

DE L'EXPOSITION

ARTISTIQUE ET ARCHÉOLOGIQUE

DE RENNES EN JUIN 1863.

COMPTE RENDU

DE L'EXPOSITION

ARTISTIQUE ET ARCHÉOLOGIQUE

DE RENNES EN JUIN 1863,

Fait à la Société d'Archéologie du département d'Ille-et-Vilaine,

Par M. AUSSANT,

DIRECTEUR DE L'ÉCOLE DE MÉDECINE DE RENNES,

Président de la Commission de l'Exposition, Directeur honoraire du Musée de la
ville, Membre de la Société d'Archéologie du département, etc.,

Et par M. ANDRÉ,

CONSEILLER A LA COUR IMPÉRIALE DE RENNES,

Membre de la Commission, Vice-Président de la Société d'Archéologie, Président
de la Société des Sciences Physiques et Naturelles, etc.

RENNES

IMPRIMERIE DE CH. CATEL ET Cie,

Rue du Champ-Jacquet, 23.

1864.

DE L'EXPOSITION

ARTISTIQUE ET ARCHÉOLOGIQUE

DE RENNES EN JUIN 1863.

———

Le fait le plus considérable peut-être de notre époque est l'avènement des masses populaires à la vie intellectuelle, et l'on doit reconnaître que l'introduction de la science dans l'industrie a beaucoup contribué à ce grand mouvement. La science a multiplié, au profit de tous, ses conquêtes sur la nature, tantôt en lui arrachant ses secrets, tantôt en mettant ses forces au service de l'homme. Chaque jour, par l'extension des nouvelles voies de communication, elle se rend davantage maîtresse du temps et de l'espace; par elle, chaque jour aussi les procédés industriels s'améliorent, et des machines plus parfaites viennent, moteurs inanimés, donner un surcroît de puissance à l'homme, auquel elles épargnent l'obligation d'accomplir par lui-même de trop rudes labeurs; enfin, en rendant plus accessibles les sources du bien-être, elle l'affranchit du joug de la misère qui énerve, et le dispose au développement intellectuel, à la dignité morale. Mais la science n'a pas préparé, ne poursuit pas toute seule ces précieux avantages,

1

et l'art, en se vulgarisant, y a beaucoup contribué. Essayons de dire ce qu'est l'art et quelle peut être son influence.

La satisfaction des besoins et des intérêts matériels ne saurait suffire à l'homme. Dieu a mis dans son âme, outre les aspirations qui le mènent à lui par la vertu, le germe des facultés qui font aussi de la recherche du beau un véritable besoin de sa nature, et c'est dans la contemplation des merveilles de la création et de celles de l'art que ce sentiment inné peut trouver sa satisfaction, une satisfaction d'autant plus grande qu'il est plus exercé.

Le principe des facultés esthétiques fait partie de notre intelligence. Il ne peut nous avoir été donné en vain, et sa culture doit avoir sa place dans l'éducation, car il n'est permis de négliger aucun des dons du Ciel. La santé pour la vie du corps résulte de l'équilibre des fonctions; il en est de même pour l'esprit, et il convient d'exercer par tous les moyens à notre disposition chacune de ses facultés pour qu'il en naisse l'harmonie.

Le but de l'art est la manifestation du beau, non pas, comme on l'a trop répété, par l'imitation, mais bien, et c'est ce qui fait sa dignité, par l'interprétation poétique de la nature. L'art porte en lui un reflet de la lumière divine, la pensée; car l'artiste crée, en mettant dans son œuvre quelque chose de son âme. Les objets naturels ne sont que des signes, des moyens dont il se sert pour manifester ses conceptions de beauté.

Il y a dans l'étude désintéressée des beaux-arts, comme dans celle des lettres, une jouissance d'un ordre élevé, une satisfaction pour nos sentiments les plus délicats; ajoutons que l'art fait aimer davantage la nature en nous en faisant mieux sentir les harmonies, ajoutons surtout qu'il existe entre ce qui est bien et ce qui est beau de mystérieuses mais réelles affinités.

Le grand art comme la grande poésie nous élève et nous fait rêver de l'infini : le beau, en effet, qu'est-il, autre chose dans son essence que l'apparition de l'infini dans le fini? Aux points culminants de l'art comme aux limites de la science on rencontre Dieu. Par l'attrait, par l'émotion du beau, l'art, joie des yeux, noble jouissance de l'esprit, pure satisfaction de l'âme, concourt ainsi au développement des qualités morales. Le goût du beau fait naître celui de l'ordre, si nécessaire à tous, et, en flattant le cœur dans ses instincts les plus distingués, en ouvrant à l'esprit de nouveaux et lumineux horizons, il fait prendre en dégoût les vulgaires plaisirs, qui trop souvent dégradent l'homme en le pervertissant. Plus nos plaisirs sont intellectuels, on ne saurait trop le répéter, mieux ils valent et mieux aussi nous valons.

« Il y a dans la contemplation du beau en tout genre, dit Benjamin Constant, quelque chose qui nous détache de nous-mêmes en nous faisant sentir que la perfection vaut mieux que nous, et qui, par cette conviction, nous inspirant un désintéressement momentané, réveille en nous la puissance du sacrifice, puissance mère de toute vertu. »

L'art se prête à tous les modes de la pensée humaine; son étude, la recherche du beau, est accompagnée de tous les charmes d'une douce persuasion; elle est d'un accès facile : la peinture, la sculpture et l'architecture s'adressent à tous; leur éloquence est immédiate, et les musées, les galeries d'exposition sont de grands livres dont les pages sont écrites dans une langue universelle.

L'immense domaine de la forme, comme celui de la couleur, relève tout entier de l'art, et la forme la plus insignifiante par elle-même peut, avec le sentiment artistique, recevoir la splendeur de l'idée humaine. Parmi les objets qui, à travers les siècles, nous sont venus de l'antiquité et qui font l'ornement de nos musées, les plus ordinaires, ceux qui nous font pénétrer dans la vie domestique des peuples des anciennes civilisations présentent toujours, à quelque usage qu'ils aient été destinés, un caractère remarquable. Les lois du goût y sont observées, et lorsque tout ornement en a été banni comme inutile ou déplacé, ils présentent encore aux yeux dans leur galbe distingué la poésie de la forme. C'est que les artistes de l'antiquité ne se séparaient pas autant que ceux d'aujourd'hui de la vie commune. Phidias, Polyclète, Miron, ces grands génies de l'ancienne Grèce, ne dédaignaient pas de dessiner les formes et les ornements des vases usuels. L'art s'insinuait ainsi, avec un simple ustensile de ménage, dans les plus humbles demeures, et contribuait à former le goût du peuple. Sans l'art qui le dirige, le luxe, d'autre part, resterait un pitoyable effet de la vanité, tandis qu'avec son secours les superfluités dont il se compose s'ennoblissent, le luxe de la richesse devenant en même temps le luxe de l'intelligence.

Il faut donc souhaiter, encourager l'alliance de l'art et de l'industrie; mais une alliance dans laquelle ce ne soit pas l'art qui s'abaisse, mais bien plutôt l'industrie qui s'élève : une alliance où il intervienne par son action vivifiante, sans cesser, en dehors de ce concours, d'être l'art souverain, la poésie inspirée et créatrice vouée au culte désintéressé du beau.

L'art aujourd'hui fait partie de la vie commune; il est mêlé à toutes les préoccupations scientifiques et industrielles, et c'est sous l'influence de cette pensée que, dans l'intérêt du public, des artistes et de l'art lui-même, ont été depuis quelques années organisées dans plusieurs villes, à côté d'expositions industrielles et agricoles, des expositions d'objets d'art et d'archéologie.

Pour ne faire que résumer en quelques mots les principaux avantages que peuvent avoir ces sortes d'exhibitions, disons qu'elles contribuent au développement du goût public, qu'elles permettent aux amateurs de voir et aux artistes d'étudier, du moins pendant quelques jours, des trésors d'art et d'archéologie qu'autrement ils auraient ignorés toujours; qu'elles donneront le moyen, en se généralisant, d'avoir plus tard une statistique, une sorte d'inventaire des richesses artistiques et archéologiques des différents pays; qu'elles sauvent enfin de la destruction, de la détérioration, beaucoup d'objets intéressants, parce qu'on a l'occasion de faire connaître leur valeur à ceux qui les possèdent en même temps qu'on leur indique les moyens de les conserver.

C'est aussi sous l'influence de considérations de cet ordre qu'est venue l'idée d'organiser à Rennes au mois de juin 1863, avec le concours de la Société d'Archéologie d'Ille-et-Vilaine, à l'occasion d'un concours régional agricole et au profit des pauvres, une exposition départementale de tableaux de maîtres anciens et d'objets d'archéologie. M. le Préfet a bien voulu autoriser et encourager cette exposition, et M. le Maire de Rennes, président honoraire de la Commission nommée à cette occasion (1), a permis qu'on disposât pour le placement des tableaux et des autres objets d'art, d'archéologie et de

(1) Les membres de la Commission de l'Exposition étaient :

MM.

Robinot de Saint-Cyr, Maire de la ville de Rennes, *Président honoraire;*

Aussant, directeur de l'École de Médecine de Rennes, directeur honoraire du Musée de la ville, *Président;*

De la Borderie, président de la Société d'Archéologie d'Ille-et-Vilaine;

André, conseiller à la Cour impériale, vice-président de la Société d'archéologie;

Delabigne-Villeneuve (Paul), trésorier de la Société d'Archéologie;

Philippe-Lavallée, contrôleur des hospices, secrétaire de la Société d'Archéologie;

haute curiosité, de plusieurs salles de l'Hôtel-de-Ville qui se sont trouvées parfaitement convenables pour cette destination.

Bien que, par suite de circonstances qu'il est inutile de rappeler ici, tout ait dû être fait bien à la hâte pour cette exposition qui a été presque improvisée, on peut dire qu'elle a réussi, et espérer que cet essai produira d'heureuses conséquences. Le nombre des exposants a été de 179, et celui des objets exposés de près de 1,500, dont 237 tableaux à l'huile et 122 pastels, gouaches, aquarelles et miniatures. Pendant les jours où l'on percevait au profit des pauvres 50 cent. pour prix d'entrée, 2,880 personnes ont visité l'exposition, et l'on a estimé qu'un jour, un dimanche, où l'entrée fut gratuite, plus de 6,000 personnes ont parcouru les salles. A l'issue d'une des séances de la Société d'Archéologie, les membres qui la composent se sont rendus dans le local de l'exposition pour y étudier plus particulièrement tout ce qui présentait quelque intérêt au point de vue de l'histoire de Bretagne.

Je rendrai compte de la partie artistique de cette exposition; l'un de mes honorables collègues dans la Commission, M. André, dont le concours bienveillant et éclairé m'a été si précieux pour le classement et le placement des objets, a bien voulu se charger de rendre compte de la partie archéologique.

MM.

Pinczon du Sel, doyen du Conseil de Préfecture, membre de la Société d'Archéologie;

Goupil, membre de la Société d'Archéologie;

(Délégués par ladite Société.)

Marteville, membre du Conseil Municipal de Rennes;

Martenot, architecte de la ville de Rennes;

A. Ramé, substitut du procureur-général;

De Botherel, propriétaire;

De Montbuchon, propriétaire;

PREMIÈRE PARTIE. — PEINTURE.

Il serait trop long, ce serait d'ailleurs d'un médiocre intérêt de rappeler successivement, même par une simple description, les 237 peintures à l'huile qui figuraient à l'exposition; pour en parler, je les grouperai donc par écoles, n'appelant spécialement l'attention que sur les plus importantes, sur celles qui ont été les plus remarquées.

I.

Je mentionnerai en commençant les tableaux qu'on appelle **Gothiques,** ces incunables de la peinture qui, s'ils montrent comme art toute l'inexpérience, toute la faiblesse de l'enfance, en ont aussi le charme naïf et les douces séductions. Dans ces œuvres tout imbues de la poésie des légendes sacrées et souvent touchantes comme une prière, les principaux caractères que l'on remarque sont l'expression calme et rêveuse des figures, la suavité et la pureté des profils, une sveltesse charmante, la tranquillité rhythmée des lignes et un coloris d'une pâleur tendre, mais plein d'harmonie. Ces tableaux gothiques étaient au nombre de neuf, dont cinq de provenance italienne, les autres dus à des peintres du Nord et tous représentant des sujets de sainteté.

L'art païen a, comme l'art chrétien, consacré à la religion ses inspirations les plus hautes; mais ne reconnaissant dans la Divinité rien de plus parfait que la beauté corporelle, il a eu le culte de la forme. L'art chrétien, au contraire, tout en subissant la nécessité de l'anthropomorphisme, a cherché le caractère divin dans l'expression supérieure de la pensée. Les

artistes du moyen âge ont donc voulu, sous l'inspiration de
la foi, faire vivre et transparaître l'âme dans le calme et la
subordination du corps. Plus de dramatique expression dans
les mouvements aurait nui à ce sentiment de douce piété, de
grâce attendrie qu'ils s'efforçaient de donner à leurs figures, et
des qualités plastiques plus saillantes n'eussent pas permis la
concentration, si l'on peut ainsi dire, du mysticisme religieux,
du sentiment chrétien que leur but était d'inspirer. Un autre
caractère est que le Christianisme, en sanctifiant la souf-
france, l'a fait entrer dans l'art, et il y a introduit en même
temps deux autres sentiments presque inconnus à l'antiquité,
la pudeur et la mélancolie.

Si je m'arrête un peu sur la peinture aux siècles du moyen
âge, c'est qu'il faut remonter jusqu'à ces époques de foi pour
trouver les origines de l'art, comme aussi des autres choses
de l'intelligence dans les temps modernes. Toutes les formes
qui nous servent à manifester la pensée viennent de l'Église :
la première poésie écrite fut celle des hymmes, la première
éloquence celle de la chaire, la première musique le plain-
chant, la première représentation théâtrale celle des mystères,
et le roman lui-même sort de la légende.

Les 9 panneaux peints au xvᵉ siècle, qui inspiraient ces
réflexions, pouvaient, de plus, être cités comme preuves à
l'appui de cette remarque, que, jusqu'à la fin du moyen âge,
l'architecture était l'art dominant, et que quand les œuvres
du pinceau n'étaient pas destinées uniquement à décorer les
murs des églises ou les retables des autels, quand les tableaux
devaient être portatifs, on leur donnait encore des formes
architecturales : les triptyques, par exemple, ne reproduisent-
ils pas, pour un certain nombre du moins, dans les lignes de
leur contour, le portail d'une cathédrale? L'un des panneaux
qui étaient exposés était un gradin d'autel, ce qu'en Italie on
appelle *predella*, sur lequel on peignait dans des entre-colon-

nements sculptés de petits sujets ou des figures de saints, et qu'on plaçait au-dessous du tableau principal.

II.

Les expositions du genre de celle dont nous nous occupons ont cet avantage, qu'elles permettent d'apprécier d'ensemble et comme d'un coup d'œil le génie de l'art, et, en se plaçant à un autre point de vue, de reconnaître ensuite par des comparaisons ses tendances spéciales aux diverses époques et suivant le caractère particulier de chaque peuple.

C'est dans l'**École italienne** qu'au XVIᵉ siècle se sont rencontrés ces nobles génies, épris de l'idéal, qui, parce qu'ils ont eu la conception de la beauté pure et qu'ils ont saisi dans la nature, pour l'exprimer, les formes générales et typiques, ont produit des œuvres de haut style, que l'admiration des siècles a consacrées comme les modèles définitifs du beau. Après eux on a pu donner plus d'importance à des genres secondaires; l'adresse du pinceau, l'habileté de la touche, la science du coloris ont pu faire des progrès encore, mais la grande inspiration est allée s'affaiblissant. Les raffinements et les délicatesses ne se montrent qu'aux temps où l'art, après s'être rapproché de la perfection, décroît pour arriver bientôt à la décadence. Ce fut la destinée de l'école italienne, comme celle des autres écoles, qui après elle ont parcouru les mêmes phases.

L'école, ou mieux les écoles d'Italie étaient représentées à l'exposition de Rennes par 32 tableaux appartenant pour le plus grand nombre au XVIIᵉ siècle. Parmi ceux d'une époque plus reculée, nous signalerons : de Luciano, plus connu sous le nom de Sebastiano-del-Piombo, une *Descente de Croix;* — du Bassan, une *Adoration des Bergers,* — puis un *Groupe d'Enfants* attribué à Vannucchi (Andrea-del-Sarto);

et un grand paysage de l'école vénitienne, dans lequel ou remarque des ruines et des figures d'un grand caractère. Pour le XVIIe siècle, nous mentionnerons : une *Sainte Madeleine* de grandeur naturelle, par Dominique Feti; — *Cimon nourri par sa fille*, personnages aussi de grandeur naturelle, par Barbieri (Gian-Francesco), dit le Guerchin; — une *Vierge priant*, par Salvi, dit le Sasso-Ferrato; — des *Fruits*, par Cerquozzi (Michel-Ange des batailles); — un *Paysage avec figures, halte de soldats au milieu de rochers*, par Salvator-Rosa; — une grande scène, l'*Enlèvement de Proserpine*, par Trevisani; — deux grands tableaux aussi, la *Naissance de Bacchus* et le *Jugement de Midas*, par Berettini (Piètre-de-Cortone); — enfin, un *Portrait d'homme*, peint par Leonardi (Francesco) pendant son séjour en Espagne. On remarquait plus particulièrement parmi les quelques tableaux italiens du XVIIIe siècle : un magnifique *Paysage* de Zucarelli; — un bon *tableau de ruines* de Pannini; — et un autre *grand tableau de ruines*, par Servandoni, cet architecte-peintre qui, venu de Florence à Paris, y érigea la façade de l'église Saint-Sulpice.

Raphaël est reconnu comme le plus beau génie, la plus haute expression de la peinture, parce qu'il a réuni les qualités qui tiennent le plus au fond même de l'art, parce qu'il eut et sut communiquer le sentiment de la vraie beauté, de la beauté pure, noble et calme. Si son nom radieux ne s'est pas trouvé ici, en tête de ceux des peintres italiens, c'est que nous n'avons pas eu cette bonne fortune de pouvoir montrer de lui un tableau original. Pour qu'il fût pourtant représenté à notre exposition, on avait admis exceptionnellement des copies anciennes d'après ses œuvres. L'une d'elles, une *réduction de la Vierge dite la Belle-Jardinière*, semble bien du temps, peut-être même de l'atelier; et une autre, attribuée au Parmesan, reproduit la *Vierge-à-la-Chaise*. Nous avons

remis aussi à parler du Corrége, bien que nous pussions signaler une *Sainte Appoline*, à mi-corps, attribuée à ce maître;
c'est d'une grande tournure, et cela peut faire rêver de ce
nom illustre; mais à travers les voiles que le temps a épaissis
sur cette peinture, on n'en peut suffisamment juger. Quand
on ne peut bien voir un tableau, c'est comme s'il n'était pas.
Nous avons conseillé au possesseur de cette toile de prendre
pour elle des soins de conservation et de faire remplacer les
anciens vernis devenus opaques.

III.

Les tableaux de l'**École espagnole** sont rares en France;
cependant à l'exposition de Rennes on en comptait 12, dont
quelques-uns forts importants. Nous ne ferons que mentionner un *Ecce Homo*, par Galegos, et le *Christ mort soutenu
par des anges*, par Alonzo-Cano; mais nous nous arrêterons
quelque peu sur des œuvres attribuées aux deux plus grands
peintres de cette école, Velasquez (don Diego-de-Silva) et
Murillo (Bartolomé Esteban). Ces maîtres ont su compenser,
par des qualités plus appropriées au goût de notre époque,
ce qu'il y avait de trop sévère dans le caractère de l'ancienne
école espagnole : une âpre énergie au service d'un sombre
mysticisme. Les qualités qui forment le fond de la manière
de Velasquez sont une simplicité souveraine, une largeur
grandiose et une radieuse couleur. Des deux tableaux qui lui
étaient attribués, tableaux de grandes dimensions, l'un re-
présentait un *tout jeune homme en costume de chasse debout
dans un site agreste*, et l'autre était le *Portrait de grandeur
naturelle de Philippe IV d'Espagne*. Le roi est, sauf la tête
qui est découverte et les mains, dont l'une tient un bâton de
commandement et l'autre s'appuie sur la garde de l'épée,

entièrement couvert par une armure avec ornements d'or. Le fond est formé par un rideau rouge (1).

Murillo eut plusieurs manières; celle dans laquelle il a peint la plupart de ses tableaux de sainteté a pour caractères : un style élevé, un rendu large et exact, et une grande suavité de modelé. Il y avait de lui à l'exposition dans cette manière, un tableau important par ses dimensions comme par le nombre des figures, et qui représente le *Mariage de la Vierge*. Il y avait aussi de ce maître une petite peinture sur cuivre : *Le Christ reprenant ses vêtements après la flagellation*. — Ce tableau, dans lequel on remarque une certaine recherche de la manière flamande, semble de l'époque où Murillo, jeune encore, reçut les conseils de Moya, qui passa à Séville en revenant d'Angleterre, où il était allé rejoindre Van-Dyck, sous lequel il avait déjà travaillé en Flandre, et dont il était admirateur enthousiaste. Ce petit tableau a sa légende : il était, avant la révolution, fort connu et fort admiré à Rennes sous le nom de *Christ de Saint-Georges*, parce qu'il était conservé dans la puissante abbaye de ce nom, où il avait été apporté par l'abbesse Madeleine de la Fayette. Il y avait enfin sous l'attribution : — *École de Murillo*, — une peinture aussi sur cuivre, d'un fini précieux, et représentant le *Couronnement de la Vierge en présence de la Cour céleste*.

IV.

L'Allemagne, où tout l'art du Nord a pris naissance, et où la France a cherché ses premiers modèles, n'a eu une école de peinture proprement dite avec des qualités spéciales et une manière perfectionnée que pendant la première moitié

---

1) Ce tableau a été, à la suite de l'exposition, cédé pour 10,000 fr.

du XVIᵉ siècle, et les maîtres en sont bien peu nombreux. Il
y avait à l'exposition de Rennes 6 tableaux par des peintres
allemands; mais aucun de cette date, car on ne saurait main-
tenir à Albert Durer, le chef de l'école allemande, un tableau
représentant Jésus-Christ adolescent, peint en buste et entouré de fleurs. On n'y retrouvait pas le cachet de poésie
mystérieuse, et, dans l'exécution, ce fini tout près de la
sécheresse qui caractérisent le maître. Des autres tableaux,
l'un une *Adoration des Bergers*, — était de Jean Rottenhamer,
peintre de la fin du XVIᵉ siècle; — deux de Dietrick, ce
peintre si souvent pasticheur, mais qui, par une touche
franche et hardie, donnait une sorte de nouvelle originalité aux compositions qu'il empruntait aux maîtres qui l'a-
vaient précédé, — et deux de Philippe Hackert, dit Hackert
d'Italie.

V.

Le nombre des peintures de l'**École flamande** à l'exposition était de 47. Nous dirons quelque chose des principales,
en les classant autant que possible d'après les époques où
vivaient les artistes auxquels elles sont dues, appelant toutefois, dès l'abord, l'attention sur les deux plus grands peintres
de cette école, Rubens et Van-Dyck, dont nous étions assez
heureux pour posséder des tableaux.

Il y avait de Rubens une *Danse villageoise* dans la campagne, — des hommes et des femmes en liesse, entraînés
dans une ronde furieuse; c'est une peinture toute pleine de
mouvement et de vie, mais dont l'originalité n'est pas aussi
certaine que celle du tableau suivant, dont voici le sujet : *Au
fond, une petite statue de la Vierge dans une niche, entre des
colonnes faisant partie d'une décoration architecturale; devant,
plusieurs enfants nus soutiennent une énorme guirlande for-*

mée de légumes et de fruits. Au point de vue de la composition, c'est d'un goût plus que douteux; l'importance respec-
tive des personnages et des accessoires est mal observée; peu
de correction dans le dessin et peu de distinction dans le
galbe des figures, mais toutes les qualités que recherchait le
grand peintre d'Anvers et qui, pour lui, composaient, —
disons remplaçaient, — l'idéal. Comme toutes les parties de
ce tableau sont, par le ton, bien à leur place; comme elles
ont bien, par l'habile distribution de la lumière, leur juste
valeur pour l'effet pittoresque; quel jet puissant, quelle force
de relief, quelle finesse, et en même temps quelle solidité
dans ces têtes d'enfants, quelle fraîcheur lumineuse, quelle
morbidesse opulente des carnations, quelle magie de coloris!

On remarquait dans les deux compositions de Van Dyck,
placées à côté de celles de son maître, plus de distinction et
de convenance dans la composition, une touche magistrale
aussi, mais moins de puissance de vie, moins de largeur
d'empâtements, moins d'audacieuse liberté d'exécution. Ces
tableaux de Van Dyck paraissent avoir été peints en Angleterre. L'un représente *deux jeunes filles et un enfant dont
les gracieuses figures se détachent sur un buisson de rosiers;*
ces figures, de grandeur naturelle et vues jusqu'aux genoux,
sont évidemment des portraits. L'autre tableau, dans de
moindres proportions, représente *Henriette de France, fille de
Henri IV et femme de Charles I*. L'artiste a placé la malheureuse reine *dans un paysage sombre et d'un aspect sauvage; d'une main elle caresse des colombes posées sur un
rocher, et de l'autre elle étouffe un serpent; trois génies soutiennent une couronne de laurier au-dessus de sa tête, et à
ses pieds gisent un personnage à double visage qui a les bras
chargés de liens et un enfant à figure sinistre, aux ailes infer-
nales et aux jambes terminées en queues de serpents, qui a la
main sur une torche renversée, mais brûlant encore.*

Après avoir indiqué les œuvres de l'illustre élève de Rubens, disons un mot d'une peinture allégorique due au pinceau du maître de ce dernier, d'Otto van Veen, plus connu sous le nom d'Otto Venius. Elle représente *la paix figurée par une femme nue, et une couronne d'étoiles au front, foulant de son pied une autre femme renversée qui, par son costume et ses attributs, symbolise la guerre.* Une note en écriture ancienne, et qui se trouve au revers du panneau, fait connaître que ce tableau a appartenu à un prince électeur de Trèves, qui en 1718 l'avait reçu en cadeau du prince électeur de Mayence.

Nous ne continuerons plus que par de simples indications à faire connaître ceux des tableaux de l'école flamande qui, avec les précédents, ont mérité davantage l'attention. C'étaient : — *Marché aux poissons* et deux *Scènes de noce villageoise,* par Breughel le vieux ; — *Voyage de la Sainte Famille,* par Paul Brill : les figures sont d'Annibal Carrache ; — *Vieillard caressant une servante,* par Teniers père ; — *Paysage avec figures,* par Teniers le jeune ; — *les Forges de Vulcain,* grand tableau par Diepenbecke ; — *Portrait de Malebranche,* par Philippe de Champagne ; — *Adoration des Mages,* par François Franck le jeune ; — *Adoration des Bergers,* par un des autres peintres de cette nombreuse famille d'artistes ; — *tableau de fleurs au milieu desquelles est représentée dans un médaillon la Sainte Famille,* par Daniel Seghers, dit le jésuite d'Anvers ; — *Jésus-Christ conduit au Calvaire et insulté par ses bourreaux,* scène religieuse qu'on est tout étonné de rencontrer dans l'œuvre d'Adrien Brauwer ; — *Fumeurs dans un intérieur flamand,* par le même ; — deux *Scènes militaires, épisodes des guerres de Louis XIV,* par Van der Meulen ; — *un riche négociant dans son comptoir,* par Van Geldern ; — deux *Paysages,* par Jacques Fouquières ; — *grand et important paysage,* par Jean Wildens, *avec des groupes de danseurs,* par Abraham Janssens; — *Paysage*, par Lucas van Uden, qui, comme Wildens, fut ami de Rubens; — autre *Paysage*, par Jean van Bloemen, auquel on donna en Italie le surnom d'Orrizonte; — *Marine*, par Bonaventure Peeters. Pour le xviii° siècle, deux *tableaux de conversation* et une *Kermesse*, par Jean Horremans; — *Départ pour la chasse au faucon*, par Van Falens, cet imitateur de Wouvermans. Notons enfin un ancien et très-curieux tableau d'un maître inconnu représentant une *Fête dans un palais de Flandre à l'époque de la domination espagnole*.

VI.

Il est des peuples favorisés, pour qui la terre, riche d'aspects sous un ciel brillant, est une constante révélation du beau et une puissante inspiration; mais on comprend difficilement que l'art ait fleuri en **Hollande**, ce pays terne, plat, marécageux, dont le ciel est presque toujours brumeux et voilé; et il convient d'étudier les conditions dans lesquelles il y fut cultivé, pour que l'indication que nous avons à faire maintenant des tableaux hollandais de notre exposition (ils étaient au nombre de 54), puisse avoir quelque intérêt, si nous parvenons à résumer les impressions qu'ils faisaient naître.

On ne rencontre guère en Hollande de monuments d'architecture remarquables; la statuaire n'y a produit que des œuvres inférieures, et la peinture n'y a jamais eu ni les aspirations élevées, ni les proportions grandioses qu'on trouve dans les écoles du Midi. Tandis que c'était, pour ces écoles, l'humanité qui tenait le premier rang dans les préoccupations artistiques, que c'était l'homme surtout et le drame de la vie qui, dans des scènes religieuses, héroïques, allégoriques, etc., étaient représentés, c'est plutôt la nature qu'ont regardée les artistes de la Hollande; et quand ils ont peint l'homme, c'est la comédie plus que le drame de la vie qui les y sollicitait.

La lutte continuelle que les Hollandais avaient à soutenir contre les envahissements de la mer, leurs habitudes commerciales, leur constitution politique et l'introduction des principes de la réforme sont les causes qui, indépendamment de l'influence du climat, ont donné à leur génie national ce caractère positif et pratique qui dispose peu aux élans d'enthousiasme et à la peinture de haut style; aussi, ils ne se sont guère adonnés qu'aux genres secondaires. Mais, puisque Dieu lui-même a mis dans la nature différents types de beauté et différents degrés dans le beau, ne faisons pas de difficultés, tout en conservant nos préférences à la grande peinture, pour reconnaître aussi des degrés de beauté dans l'art, admettons tous les genres qu'il a créés en parcourant l'échelle entière des sentiments humains, des bons sentiments (faisons cette réserve pour l'honneur de l'art), et, du reste, n'excluons rien de ce qui plaît de son vaste domaine. D'ailleurs, l'art pour chaque peuple est fait un peu à son image; les qualités d'une école diffèrent ainsi de celles d'une autre, et nulle d'entre elles ne doit prétendre au monopole du génie, de même que nul artiste n'a pu atteindre la perfection, parce que nul n'a été le premier dans toutes les parties de son art à la fois.

C'est au moment où la Hollande fut affranchie de la dure domination de l'Espagne que l'art s'y épanouit, et on voit son école naître, grandir, arriver à son apogée, décliner et finir en moins d'un siècle; mais à toutes les périodes elle garda ses caractères distinctifs.

Les Hollandais ont regardé la vie par son côté intime et familier; ils ont su exprimer d'une façon saisissante le tranquille bonheur du foyer domestique; et quand, se laissant

2

aller à la fantaisie de l'art; ils ont peint dans des kermesses où dans des estaminets leurs grossiers paysans, leurs rudes matelots, ils ont su rendre, à force d'art, la laideur même pittoresque, et faire resplendir quelquefois par la magie de la couleur et de la lumière les haillons d'un mendiant à l'égal des vêtements de pourpre d'un roi. Dans ces peintures, dont les sujets sont le plus souvent si simples ou même si peu attrayants, mais que recommande l'habileté de l'exécution, on admire particulièrement : un dessin net et exact s'il n'est pas distingué, une touche spirituelle, un fini précieux, de belles harmonies de couleur, des jeux piquants de lumière et une grande science du clair-obscur.

C'est par suite de son amour de la réalité et du détail que l'art hollandais s'est fractionné à ce point qu'il a eu pour chaque spécialité, pour chaque division d'un genre, des peintres particuliers; et c'est parce que les Hollandais ont aimé la nature pour elle-même, qu'ils ont excellé dans le portrait, dans les tableaux de fleurs, dans ceux d'animaux, dans ceux dits de nature morte, dans les marines, et surtout dans le paysage. On peut dire qu'ils ont créé le paysage vrai. Avant eux et dans les autres écoles, la poésie agreste ne semblait pas avoir été comprise; on croyait devoir orner la nature, y ajouter, et on peignait des régions imaginaires, ennoblies par d'imposantes ruines et peuplées de dieux ou de héros; c'était le paysage historique. Quelques peintres de Hollande, qui firent au xviie siècle le voyage d'Italie, se rapprochèrent eux-mêmes de ce genre classique, et ils perdirent dans cette recherche, ou en voulant s'inspirer de l'aspect grandiose de la nature italienne, quelque chose de leur sincérité première et du sentiment naïvement agreste des plaines de leur patrie.

On s'est étonné que les peintres hollandais, même ceux qui n'avaient point passé les monts, en reproduisant des sites

de leur pays brumeux, y aient souvent mis tant de soleil et
aient si bien rendu les accidents de la lumière; mais, ne
serait-ce pas justement parce que ces splendides et lumi-
neuses journées, qui sont les fêtes de la nature, sont rares en
Hollande, qu'ils en sentaient mieux le charme et qu'ils s'étu-
diaient davantage à les reproduire?

Nous parlons de l'école hollandaise et nous n'avons pas
encore nommé Rembrandt, qui la domine de toute la hauteur
de son puissant génie. C'est que ce prodigieux artiste, si peu
soucieux des traditions et des règles des écoles, en même
temps qu'il est sans liens avec ses prédécesseurs et sans rapports avec ses contemporains des autres pays, ne se rap-
proche guère des peintres ses compatriotes que par le natu-
ralisme de ses figures et la concentration de ses effets de
lumière. Il est universel, il ose aborder la grande peinture,
mais tout s'empreint de sa saisissante et insouciante originalité. Dans ses compositions, il ne tient compte ni du temps
ni du lieu, l'exactitude du costume ne lui importe pas, et il
lui arrive souvent de dépasser les limites de la nature et de
la vérité. Rembrandt appartient à la fantaisie pure; pour lui,
la recherche de la beauté idéale ne domine pas celle de l'effet
pittoresque; il n'a pas connu les régions sereines où plane le
génie de Raphaël, et il est apparu comme un brillant météore
dans la zone orageuse du ciel de l'art. Spontanément grand
peintre, comme Shakespeare fut grand poëte, Rembrandt a
marqué de son sceau une forme nouvelle dans la peinture.
Son principal moyen d'expression et d'effet, c'est une savante
distribution de l'ombre et de la lumière, d'une lumière à lui,
mystérieuse, fantastique, et une incomparable magie de clair-
obscur. Il fut donc surtout grand coloriste comme Rubens,
mais d'une autre manière. Tandis que le glorieux chef de
l'école d'Anvers séduit par la richesse et la fraîcheur des
teintes qu'une large distribution de lumière fait valoir, Rem-

brandt s'inquiète bien moins de la couleur propre des objets que de l'intensité du ton dans le jeu varié de la lumière et de l'ombre. Là est son idéal, là est sa poésie.

Nous n'avions de ce maître, à l'exposition, qu'un *Petit portrait*, celui d'un jeune homme coiffé d'un bonnet fourré. Mais de l'un de ses meilleurs élèves, de celui peut-être qui s'en est approché de plus près, de Gerbrand Van Eeckhout, une grande et belle composition, *la Présentation au Temple*, qui pouvait donner une complète idée de la manière rembranesque que nous nous sommes efforcé de caractériser.

De même que nous l'avons fait pour les autres écoles, nous mentionnerons maintenant par une simple et brève indication et dans un ordre chronologique, les tableaux hollandais qui, parmi ceux qui figuraient à l'exposition, avaient le plus de valeur : de Pierre Latsman, peintre de Harlem, qui donna des leçons à Rembrandt, une scène biblique, *la Mort d'Abel*; — de Mirevelt, un beau *Portrait de femme*; — de Poelenburg, des *Baigneuses*; — de Honthorst, que les Italiens connaissent sous le nom de Gheraldo della Notte, des *Soldats jouant aux cartes*, figures de grandeur naturelle et vues à mi-corps; — de David de Heem, un *Tableau de fleurs* et un *Tableau de nature morte*; — d'Asselyn, un *Paysage avec figures, site d'Italie*; — d'Albert Cuyp, des *Cavaliers au repos*; — de Guillaume Mieris, le *Portrait d'une jeune musicienne*; — d'Adrien van Ostade, un *Groupe de buveurs*; — de Jean Both (Both d'Italie), un *grand Paysage avec figures* par son frère André; — de Van-der-Helst, le *Portrait d'un Bourgmestre*; — de Guillaume Van-der-Velde, une *marine*; — de Govaert Flinck, un petit *Portrait de femme en costume de bergère*; — d'Adrien Hannemann, un *Portrait de magistrat*; — de Swaneveld (dit Hermann d'Italie), un *Paysage* dans lequel l'artiste a placé *au premier plan des moutons et un berger à cheval*; — de Philippe Wouvermans,

un *Paysage où des cavaliers sont arrêtés auprès d'une ruine;*
— de Salomon Ruysdaël, le frère de Jacques, un *Paysage
où l'on voit des cavaliers et un troupeau traversant un gué;*
— de Guillaume Kalf, l'*Intérieur d'une cour de cuisine;* —
de Peter-de-Hooghe, un *Intérieur hollandais,* très-important
tableau; — de Constantin Netscher, un *Portrait d'homme;*
— et de Ruthard, une *Chasse au Sanglier.*

VII.

Nous voici arrivé à l'**École française,** qui, elle aussi,
doit ses tendances et son caractère au génie national, mais
qui a eu, par suite d'influences particulières, des destinées
différentes de celles des autres écoles.

Les qualités du génie français, dans toutes les manifes-
tations intellectuelles, sont : la clarté, l'ordre, la mesure,
l'harmonie, la grâce, la justesse des rapports et la vérité des
expressions, toutes les qualités qui sont la raison appliquée.
La composition et l'ordonnance sont donc les parties de la
peinture dans lesquelles ont dû exceller les artistes de notre
nation. Moins peintres par tempérament et inspiration, pour
la plupart, que les Italiens et les Flamands, ils sont plutôt
des peintres penseurs, des peintres par réflexion, plus préoc-
cupés du sujet que de l'effet pittoresque, que des qualités
plastiques. De même qu'on aime en France la mélodie facile,
la musique sous laquelle il y a une idée, et que c'est surtout
pour dire quelque chose que l'on chante, en peinture on y
apprécie davantage aussi la pensée que la forme, et c'est pour
exprimer quelque chose que l'on peint. Ailleurs on a pu aimer
l'art uniquement pour l'art, en France on le recherche avant
tout pour sa signification morale et comme un poétique lan-
gage.

Pour ce qui est des destinées de notre art national, il est

reconnu aujourd'hui qu'au moyen âge les Français étaient plus avancés en civilisation que les autres peuples, moins étrangers qu'eux, par conséquent, aux lettres et aux arts; mais il y eut une décadence manifeste au xiv⁰ siècle, et ce fut l'Italie qui prit la prééminence. A la fin du xv⁰ siècle, alors que le principal foyer de l'art français était en Touraine, nos peintres empruntèrent à l'art germanique, pour la partie technique seulement, pour les procédés de la peinture; car l'inspiration resta nationale. Mais cet art français fut entièrement détourné de sa voie lorsque les peintres florentins, appelés par François Iᵉʳ, fondèrent l'école dite de Fontainebleau, et l'influence italienne prévalut jusqu'au commencement du xviiⁱ⁰ siècle. Au xviiᵉ, ce furent plus particulièrement les peintres bolonais qu'en France on chercha à imiter, et dans la seconde moitié de ce siècle, on retrouve dans la peinture française la pompe et l'apparat que révélaient toutes choses sous le règne de Louis XIV. Dans les œuvres de l'homme, c'était un tel caractère de grandeur, qu'on ne daignait pas regarder la nature, ou du moins qu'on ne connut que celle qu'on pouvait voir des fenêtres du palais de Versailles. Nos artistes du xvᵉ siècle, Jean Fouquet entr'autres, avaient été pourtant des paysagistes ravissants; mais le sentiment de la campagne, de la vraie campagne, se perdit après eux.

Ce fut vers la fin du règne du grand roi que parut Watteau, que l'on peut considérer, bien qu'il eût étudié d'abord à Anvers, comme ayant inauguré la peinture française dégagée de toute imitation. La nature qu'il peint est une nature de convention, il est vrai, sa manière manque de naïveté, en même temps que de grandeur, mais sa fantaisie crée une réalité suffisante pour l'art; on y trouve, avec l'esprit français, l'élégance, la grâce et le charme, ce don que rien ne remplace; son pinceau est pétillant et facile, sa couleur fraîche et brillante; Watteau, c'est le sourire de la peinture, c'est une féerie dans l'art.

Après l'époque de Watteau, celle de Boucher. Cet artiste, qui cacha son art sous la livrée élégante de son époque, fut une des plus saisissantes expressions de ce xvɪɪɪᵉ siècle spirituel et futile, qui se fit, à sa mesure, un art et une poésie dont l'idéal était le joli, et qui, à la recherche de toutes les élégances, de toutes les délicatesses, mit l'art partout, et demanda à la peinture des ornements pour toutes ses fantaisies.

Au moment où la Révolution vint, comme un coup de foudre, surprendre et disperser cette société frivole, David, remontant jusqu'à l'art antique, fonda l'école académique, remplacée vers le premier tiers de notre siècle par le romantisme, qui, lui, a rompu le joug des traditions de l'école et a substitué, pour le paysage, genre dans lequel excellent nos peintres actuels, l'étude naïve de la nature à un style conventionnel et faux. On voit que l'école française a passé par bien des phases différentes, suivant l'esprit des temps et en partageant la fortune des lettres; mais elle s'est maintenue; et aujourd'hui le flambeau de l'art est encore aux mains de la France.

Le nombre des tableaux français à l'exposition était de 77; nous signalerons les principaux en suivant l'ordre des dates : Il y avait de Nicolas Poussin, un petit tableau représentant une *Bacchante avec des satyres et des enfants;* — de Jacques Stella, cinq tableaux dont deux sur albâtre gypseux, un sur agate, un sur toile et un sur marbre; le plus important était ce dernier qui est recouvert d'une glace; le sujet est *La Sainte Famille entourée de petits anges dont quelques-uns jouent avec un mouton et avec un chien;* — de Sébastien Bourdon, un beau *Portrait d'homme;* — de Claude Gelée, dit le Lorrain, ou pouvant lui être attribué, un *Paysage;* — de l'un des Bobrun et peut-être des deux cousins qui peignaient si souvent ensemble, une grande scène sur panneau, provenant du Palais-de-Justice de Rennes et représentant *Louis XIV, jeune, en manteau royal, à genoux dans un paysage, au pied d'un crucifix;* — de Claude Lefèvre, le *Portrait d'un abbé;* — de Charles Lebrun, une esquisse de plafond représentant *le Sacrifice d'Iphigénie;* — de Jacques Courtois, dit le Bourguignon, un *Combat de cavalerie;* — de Jean-Baptiste Monnoyer, dit Baptiste, deux *Tableaux de fleurs;* — de Jean Jouvenet, une esquisse de la *Descente de Croix;* — de Louis-Elle Ferdinand, peintre qui est mort à Rennes, un *Christ en Croix;* — de François Detroy, deux tableaux mythologiques représentant *Le Jour et la Nuit;* — de Bon Boullongne, deux peintures pour trumeaux représentant des *Jeux d'enfants;* — de Jean-Baptiste Santerre, une *Dormeuse;* — de Patel (le vieux), un *Petit paysage dans la manière du Lorrain;* — de Hyacinthe Rigaud, son propre portrait; — d'Antoine Coypel, *Diane entourée de ses nymphes;* — de François Desportes, deux tableaux représentant, l'un un *Lièvre mort,* l'autre des *Oiseaux;* — de Jean Raoux, deux tableaux aussi, représentant l'un une *Jeune fille* l'autre un *Jeune garçon;* — de Jean-François Detroy, deux tableaux exécutés pendant les dernières années du séjour du peintre à Rome et représentant, l'un *Joseph et Putiphar,* l'autre *Suzanne et les vieillards;* — d'Antoine Watteau, une *Conversation de personnages en costumes de bergers dans un paysage;* — de Jean-Baptiste Vanloo, une *Jeune fille peinte en buste;* — de Jean Grimoux, une *Dame accompagnée d'un jeune homme, et se faisant dire la bonne aventure par une Bohémienne;* — de Jean-Baptiste Oudry, un *Tableau de chasse;* — de Jean-Baptiste Huet, un *Chien en arrêt sur des perdrix;* — de Nicolas Lancret, *Conversation dans un parc;* — de Jean

Restout, le *Festin de Cléopâtre*; — de Patel (le fils), un *Paysage avec ruines*; — de Jean-Baptiste Pater, *Conversation galante*; — d'Étienne Jeaurat, un *Tableau de nature morte*; — de Jean-Baptiste Chardin, un *Lièvre mort étendu sur une pierre, sur laquelle il y a un couteau et un chandelier*; — de Blin de Fontenay, un *Tableau de fleurs*; — de François Boucher, une *Jeune femme tenant un billet et soulevant son voile du bout de son éventail*; — de Carle Vanloo, un *Combat de cavalerie*; ce tableau est de la jeunesse de l'artiste et il l'avait peint à Vannes, où son père l'avait envoyé dans une maison amie, pour le soustraire aux séductions dangereuses de Paris; — de Claude-Joseph Vernet, un *Paysage d'Italie*; esquisse, et deux petits tableaux de forme ronde représentant des *Vues de mer*; — de Lacroix, élève du précédent, deux *Marines, soleil levant et soleil couchant*; — de Scheneau, un petit tableau daté de 1769 et représentant une *Jeune cuisinière à une fenêtre autour de laquelle sont appendues des pièces de gibier, derrière elle est un jeune homme*; — de Jean-Baptiste Greuze, quatre tableaux, dont deux au moins bien authentiques; une *Tête de jeune fille* et un beau *Portrait de Mme Rolland*, peint en 1792; — de François Valentin, peintre breton, né à Guingamp en 1738, un grand tableau représentant le duc *Jean Ier de Bretagne donnant la charte de fondation de l'abbaye de Prières*; — de Robert Hubert, des *Ruines dans la campagne de Rome*; — de Xavier Leprince, deux petits *Portraits de femmes*; — de Louis-Philippe Crepin, deux *Paysages*; — de Valin, deux *Sujets mythologiques*; — de Louis Bruaudet, un *Paysage, lisière de forêt*; — de Jacques Swebach, dit Fontaines, un *Paysage avec des cavaliers*; — de Michel, un *Paysage montueux*; — de Duplessis-Bertaux, *Vue d'une place publique en Italie*; — de Watelet, *Vue prise de la terrasse de Saint-Germain près*

Paris; — de Pagnest, un beau *Portrait de femme*; — de Charlet, un *Portrait d'enfant (ébauché)*.

Il y avait bien encore, devrions-nous le dire, quelque part dans l'exposition un certain nombre de tableaux français aussi, mais peints par des artistes nos contemporains. Il avait été parfaitement convenu qu'on n'admettrait pas d'œuvres modernes; mais le moyen de résister à la tentation de laisser un peu la porte entrebâillée, quand c'était Diaz, par exemple, quand c'était Alfred de Dreux qui étaient présentés.

VIII.

En énumérant les œuvres des maîtres des différentes écoles, nous avons indiqué plusieurs **portraits;** nous rappellerons les suivants : le portrait de Philippe IV d'Espagne, attribué à Velasquez; celui d'Henriette de France, dans une composition allégorique par Van Dyck; celui de Malbranche, par Philippe de Champaigne; celui de Rigaud, par lui-même, et celui de Mme Roland, par Greuze. Nous en indiquerons ici quelques autres qui, à l'exposition, attiraient l'attention, non pas tant, pour plusieurs du moins, par le mérite de la peinture que par leur intérêt historique et les souvenirs qui s'attachaient aux personnes représentées, car c'est ainsi que les portraits des personnages célèbres deviennent les portraits de famille de l'humanité.

Il y avait deux portraits de Duguesclin, dont l'un, conservé dans la famille du connétable, a un grand cachet d'individualité; il est de la fin du xve siècle et paraît reproduire les traits du héros breton d'après quelque image en pierre. Il y avait un grand et ancien portrait de saint Vincent-Ferrier, mort à Vannes en 1415; un très-curieux portrait du cardinal Mazarin, en cuirasse, et celui de sa nièce, Marie Mancini;

celui de Pierre-le-Grand en costume impérial, et bien du temps, comme les deux précédents; celui de Louis XV, paraissant peint par Carle Vanloo; celui du duc de Penthièvre; celui de l'une des deux malheureuses demoiselles de Renac, qui eurent la tête tranchée à Rennes à l'époque de la terreur. Il y avait encore le portrait de Hérault de Séchelles, peint par Drouais en 1759. A voir cet enfant blanc et rose souriant dans son costume de fête, on avait peine à se persuader qu'après quelques années ce serait l'homme qui ferait décréter l'établissement du tribunal révolutionnaire, l'ami de Danton, et les yeux se détournaient pour s'arrêter avec complaisance et un juste orgueil national sur un autre portrait, celui de Corret de la Tour-d'Auvergne, qui, lui, devint premier grenadier de France. On aimait à se rappeler, en contemplant ses nobles traits, sa glorieuse carrière, à se rappeler qu'après sa mort, non moins glorieuse sur le champ de bataille d'Ober-Hausen, il fut décrété que son cœur, enfermé dans une urne funéraire, serait porté à la tête de la 46ᵉ demi-brigade par le plus vieux grenadier; que sa place serait conservée vacante sur les contrôles, et qu'à l'appel de son nom il serait répondu « mort au champ d'honneur. » Il est représenté à l'âge d'environ trente ans, en costume d'officier de mousquetaires; à sa boutonnière est une décoration suspendue à une rosette formée d'un ruban bleu liséré de blanc. C'est la croix de l'Ordre de Charles III d'Espagne, qu'il reçut de Charles IV en refusant la pension qui y était attachée.

IX.

Il nous reste à rendre compte, nous le ferons très-succinctement, des **pastels, aquarelles, gouaches, miniatures et dessins** qui figuraient à l'exposition de Rennes. Le nombre en était de 122, et il nous eût été facile, si le temps et l'espace l'eussent permis, d'en réunir un bien plus grand nombre.

Il y avait 14 pastels : deux représentaient des scènes mythologiques; les autres étaient des portraits, et, sauf un seul, des portraits de femmes. C'est qu'en effet le pastel, ce genre de peinture qui n'atteint pas à l'intensité de tons et d'ombres que l'on rencontre dans la peinture à l'huile, et qui ne saurait par conséquent en avoir la force, la solidité et la profondeur, est plus spécialement favorable pour les portraits de femmes à cause de la fraîcheur et du brillant de ses teintes, à cause de l'éclat et du tendre velouté qu'il peut donner aux carnations.

Parmi les aquarelles, au nombre de 11, nous citerons deux *Grands bouquets de fleurs dans des vases, avec des insectes et des oiseaux*, charmantes œuvres de l'art français au xviiie siècle. Pour les gouaches, au nombre de 8, mentionnons deux *Paysages de forme ronde* et deux *autres en largeur*, dont un par Patel le père, dit Patel le tué, parce qu'il perdit la vie dans un duel, et un par Nether, dessinateur breton d'un grand mérite.

Il y avait de ce dernier artiste, parmi les miniatures, qui étaient au nombre de 47, une *Scène mythologique* traitée en grisaille; et nous citerons avec elle, au nombre des miniatures les plus remarquables, une *Scène de la Jérusalem délivrée*, charmante composition de Bergeret; le *Portrait du Roi Louis de Hollande*, père de l'Empereur, par Saint, et celui de la *Reine Hortense*, par Augustin. Nous ne devons pas omettre de signaler, à propos des miniatures, deux cadres de miniatures anciennes, contenant, l'un dix petits portraits de personnages du xvie siècle, et l'autre vingt petites scènes religieuses d'une finesse et d'une perfection de dessin merveilleuses, et qui ont dû primitivement illustrer quelque missel.

Les dessins proprement dits étaient au nombre de 50; les

uns étaient des dessins terminés, de véritables tableaux comme composition; les autres étaient de simples esquisses ou ébauches. Dans les premiers, nous citerons une œuvre très-importante, *Moïse descendant du mont Sinaï*, par Balthazar Peruzzi (Balthazar de Sienne); un très-important crayon aussi, de Daniel Dumoutiers, le *Portrait d'Élisabeth de France, fille de Henri IV, sœur aînée de Louis XIII et femme de Philippe IV d'Espagne;* une *Tête d'homme*, grandeur naturelle, par Nanteuil, et un grand et beau dessin représentant le *Groupe de figures en bronze, œuvre de Jean-Baptiste Lemoine, qui ornait le centre de la façade de l'Hôtel-de-Ville de Rennes.* Il était encore deux dessins devant lesquels les visiteurs s'arrêtaient avec une douloureuse et respectueuse émotion, deux *Paysages à la plume*, de la main de Mme Élisabeth de France, l'infortunée sœur de Louis XVI.

Les dessins esquissés, les dessins de premier jet, ont pour les artistes et pour les amateurs un intérêt très-grand, parce que dans ces traits rapides que trace la main obéissant directement à l'inspiration, on surprend l'œuvre du maître en plein travail d'éclosion, parce que c'est la forme sous laquelle la force créatrice prend un corps, sous laquelle la pensée, dans son originalité native, se manifeste, avant que les lenteurs et les difficultés de procédés plus avancés, plus parfaits au point de vue plastique, ne soient venues la refroidir. Parmi les dessins non arrêtés que l'on voyait à l'exposition, nous indiquerons comme offrant le mieux ces caractères : pour l'école italienne, des dessins de Perino del Vaga, de Batista Franco, de Francesco Primatico, de Carlo Maratti; pour l'école flamande, des dessins de Jordaens et de David de Coninck, et pour l'école française, des dessins de François Chauveau, de Joseph Parrocel et d'Hubert Drouais.

X.

Nous avons indiqué les œuvres d'art les plus importantes parmi celles qui étaient réunies à l'exposition. Si maintenant, après avoir donné son attention aux tableaux et aux dessins, on se retournait pour regarder dans l'intérieur des salles, un autre spectacle, un autre sujet de réflexions se présentaient. Il était curieux, en effet, pour connaître le résultat moral de cette exposition, pour voir si le but était atteint, de chercher à apprécier **le sentiment artistique du public**, d'observer les visiteurs eux-mêmes, et il suffisait, pour s'assurer de leurs impressions et de leurs jugements, de tenir compte de l'expression des regards, du jeu des physionomies, du degré d'attention donné à telle ou telle œuvre, des exclamations de surprise ou d'admiration, enfin des paroles échangées dans les groupes.

Il est des hommes, quelquefois fort capables, fort instruits d'ailleurs, qui n'attribuent aucune valeur aux choses d'art et bâillent aux chefs-d'œuvre, comme ils bâillent aux plus magnifiques spectacles de la nature, parce qu'ils manquent de ce sixième sens dont parle Topffer. Sans aller jusqu'à dire avec cet auteur humoriste : « Plusieurs, très-braves gens du reste, voient la nature comme l'arbre voit le ciel, comme le mouton voit le pré, » il faut reconnaître qu'il y a des hommes à organisation incomplète, et qu'on en doit plaindre, chez qui les beautés de la nature et de l'art n'éveillent qu'un simple intérêt de curiosité qui ne survit pas à un premier regard.

Il en est d'autres qui, n'ayant à la place du goût et de connaissances suffisantes pour juger sainement que de l'amour-propre, se donnent le rôle de grands admirateurs. Pour paraître plus avancés que le commun des visiteurs, ils trou-

vent tout magnifique, parfait dans les œuvres des peintres;
ils s'extasient devant les incorrections autant que devant les
beautés, et souvent inquiètent l'indépendance d'appréciation
des autres en cherchant, par une sorte de tyrannie, à leur
imposer leur enthousiasme banal.

A l'inverse de ces admirateurs à outrance, mais par le
même motif d'amour propre, il en est qui, n'ayant aussi
qu'une science vulgaire faite de vagues généralisations, se
font pessimistes, et après avoir jeté un simple coup-d'œil sur
les plus belles œuvres, se détournent d'un air capable et
dédaigneux. Ceux-là se défendent de l'admiration, même
devant les chefs-d'œuvre, et lorsqu'il est si bon de s'y laisser
aller.

D'autres, par vanité toujours, se font éplucheurs de fautes.
Dans leur médiocrité jalouse, ils recherchent cette secrète et
triste satisfaction de découvrir dans les ouvrages d'hommes
supérieurs quelques motifs qui sembleraient devoir les rabais-
ser. Ce sont bien plutôt les beautés qu'il faut rechercher, et
ceux dont nous parlons, en se faisant ainsi critiques mot à mot,
ne réussissent qu'à se donner beaucoup de mal pour se gâter
une jouissance. Est-il certain, d'ailleurs, que ce qu'ils pren-
nent pour des fautes en soient réellement? Les défauts qu'un
petit esprit signale ne font quelquefois que donner plus de
relief aux beautés; les négligences peuvent être calculées
pour retenir l'attention sur les traits essentiels; et souvent,
pour atteindre à l'unité, à la grandeur, le peintre doit se rési-
gner à des sacrifices. Et puis, qu'importe après tout quelques fautes dans une belle œuvre? Le soleil aussi a des
taches; est-ce qu'on les voit, et qui s'en occuperait n'é-
taient les astronomes? Chez les artistes privilégiés, le génie
domine la science; leurs créations sont le produit d'un in-
stinct, d'une puissance supérieure aux règles, que, dans leur
libre allure, ils peuvent négliger pour atteindre à une

beauté plus grande, puisque ce sont leurs hardiesses heureuses qui les ont faites et peuvent les faire encore.

Nous avons signalé dans le public de notre exposition la classe des indifférents et celle des demi-connaisseurs ; il en était heureusement une autre qui savait bien mieux profiter de cette réunion d'objets d'art, et que l'on distinguait à une expression d'attention, de recueillement, qui est l'indice certain de l'impression ressentie. Elle était surtout nombreuse le jour d'entrée gratuite, et c'était plaisir de remarquer dans les groupes populaires ce naïf éblouissement des choses, cette fraîcheur d'impression, cette justesse de tact qui se résumaient en une sorte d'admiration respectueuse.

Il y avait enfin, mais en petit nombre, comme partout, les véritables connaisseurs. Cherchons à déterminer quelle est la part qui, dans les jouissances artistiques, revient aux savants et à ceux qui, sans études spéciales, ne jugent des choses de l'art que par le goût naturel.

Pour les uns comme pour les autres, il faut, afin de ressentir tout le plaisir qu'un tableau peut donner, un certain recueillement qui permette à la pensée de s'isoler d'abord, pour entrer en rapport avec celle de l'artiste et s'associer au sentiment dans lequel il a peint l'action ou les objets que ce tableau représente. Il faut, en se plaçant devant une peinture, s'offrir naïvement, d'un esprit sincère et sans parti pris, à l'impression qu'elle peut donner ; lui demander son charme comme on demande à la fleur son parfum, au livre son intérêt, car les œuvres artistiques, comme les grandes œuvres littéraires, sont pour tous : elles s'adressent à la fois au public et aux érudits, et c'est pour cela que les maîtres de la pensée, ces enchanteurs de l'âme, qu'ils aient tenu la plume ou le pinceau, sont considérés comme des bienfaiteurs de l'humanité.

Ce qui dans la peinture convient aux masses, c'est cette

partie, la plus importante de beaucoup, qui, relevant du sentiment, c'est-à-dire de l'émotion de l'âme, s'adresse au sentiment, s'adresse au cœur, qui, comme l'intelligence, a sa pénétration; ce qu'apprécie surtout le public, c'est, avec une exécution saisissante, l'expression qui émeut, le drame qui remue. La critique esthétique, en ne s'arrêtant pas à cette impression première, peut procurer d'autres jouissances, car l'étude, en faisant faire des découvertes dans la partie de l'art qui procède de la science, en faisant reconnaître les causes et les lois de ce dont la foule n'a qu'un sentiment confus, permet de pénétrer plus avant dans l'intimité des maîtres; mais ce n'est qu'au prix de recherches laborieuses et difficiles.

Pour aborder la critique esthétique, il est indispensable, en effet, d'avoir toutes les connaissances nécessaires aux artistes eux-mêmes, et il conviendrait que ce fût à un degré supérieur, puisqu'il s'agit de se constituer leurs juges. Ce qui se rapporte aux procédés manuels, à la pratique, peut seul être négligé; encore ne faut-il pas être tout à fait étranger à la technique artielle. On doit avoir cette haute culture de l'esprit qui fait comprendre les beautés de la composition et du style, posséder bien l'histoire des arts et des artistes aux diverses époques et dans les différents pays, histoire étendue, car pour ne parler que des peintres et en écartant ceux de l'antiquité et les contemporains, il y en a plusieurs milliers dont on connaît les noms et les œuvres et qui sont considérés comme des maîtres. Il est nécessaire aussi d'avoir beaucoup vu, ou mieux, car ce n'est pas la même chose, d'avoir beaucoup regardé et de s'être rendus familiers, par une recherche patiente même des détails, les caractères et la manière de chaque maître. D'autre part, il faut, avant de porter des jugements, tenir compte de bien des considérations, être en garde contre beaucoup d'entraînements, contre

3

la répulsion notamment que soulève toujours dans les arts
une originalité inattendue et profonde. Il faut aussi savoir
apprécier les influences des mœurs et des nationalités aux
diverses époques, pour se placer par la pensée dans les circonstances où se trouvaient les peintres dont on étudie les
œuvres; car ils ont puisé dans le fond commun des sentiments et des idées de leur temps, dans l'atmosphère morale
où ils vivaient, ayant ainsi pour collaborateurs anonymes tous
leurs concitoyens. Cette condition est indispensable pour bien
juger; qu'arriverait-il, en effet, pour prendre un exemple,
si on voulait estimer Rubens et Rembrandt d'après les modèles que la Grèce, cette première patrie du beau, a légué à
notre admiration, ou même d'après Raphaël; ne serait-ce pas
se résoudre d'avance à les condamner? Il faut, on le voit,
avoir étudié beaucoup, avoir beaucoup réfléchi, pour trouver
dans l'appréciation des œuvres des maîtres, des jouissances
plus élevées que celles qui résultent de la seule sympathie de
goût et d'une impression spontanée. Encore n'avons-nous
pas énuméré toutes les connaissances nécessaires à ceux
qui voudraient se poser comme érudits, comme apprécia-
teurs experts des choses de l'art; disons du moins, en finissant, comment ils ne doivent pas être étrangers à l'archéologie.

Les terrains sur lesquels archéologues et artistes peuvent
se rencontrer sont bien vastes : toute l'antiquité où les derniers trouvent les plus purs modèles de la forme, tout le
moyen âge où ils recherchent curieusement les origines de
l'art moderne; et il est bien des circonstances encore où le
concours de l'archéologie et de l'esthétique est nécessaire
pour la connaissance complète des productions appartenant à
des époques postérieures, pour l'appréciation des monuments
de la renaissance plus particulièrement. Dans l'alliance dont
nous parlons, l'archéologie, qui est l'histoire par les monu-

ments, et dont les recherches procèdent surtout de l'esprit, représente l'érudition; et l'esthétique, qui est l'étude spéculative, la philosophie, si l'on veut, du beau, en associant l'art à la science par l'émotion poétique, par le sentiment des rapports harmonieux, y intéresse le cœur, lui donne le charme; et qu'on ne craigne pas que l'imagination artistique nuise à l'observation : elle la devance quelquefois, mais c'est pour l'éveiller, pour la stimuler bien plutôt que pour prendre sa place. Les relations de l'esthétique avec l'archéologie sont devenues plus intimes à mesure que l'une et l'autre ont été plus approfondies; partout, aujourd'hui, à Paris comme dans les provinces, des salles d'archéologie sont ouvertes auprès des collections d'art. Au mois de juin 1863, on inaugurait à Rennes un musée d'archéologie dans le palais universitaire, près du musée de peinture; c'était le jour même où s'ouvrait notre Exposition d'objets d'art et d'archéologie, qui formait ainsi comme une annexe temporaire des musées de la ville.

Je termine ici la première partie du compte rendu de cette Exposition. J'ai cherché à rappeler au souvenir les peintures et les dessins qui y étaient réunis, et à résumer les impressions qu'ils faisaient naître. Dans la seconde partie, il sera fait mention des sculptures, en même temps que des objets d'archéologie, et la curiosité sera décrite dans la troisième partie.

J. AUSSANT.

DEUXIÈME PARTIE. — ARCHÉOLOGIE.

PREMIÈRE SECTION.

OBJETS D'ART DE L'ANTIQUITÉ.

Antiquités égyptiennes. — La civilisation de l'Égypte est la mère de celle des autres nations. C'est par elle qu'il faut commencer : c'est le point de départ et l'origine des lettres, des sciences et des arts.

Les monuments portatifs sauvegardés par le temps appartiennent en général aux hypogées et présentent un caractère funèbre. On remarque en première ligne dans l'exposition de Rennes une belle stèle calcaire provenant des tombeaux de Thèbes. Elle est chargée de hiéroglyphes non encore expliqués, mais les scènes de personnages gravées en creux en indiquent suffisamment le sens général : le mort est assis sur un siége, et, devant lui, ses parents et amis présentent des offrandes. Les légendes funéraires doivent exprimer les noms et qualités du défunt et des personnes de sa famille qui lui rendent les derniers devoirs et adressent pour lui leurs prières au dieu Osiris.

On y voit aussi quelques-unes de ces figurines votives en bronze, en bois ou en terre cuite, qu'on plaçait dans l'hypogée, soit sur le sol, autour de la momie, soit dans une caisse particulière ou compartiment séparé, par les parents et amis du défunt au jour de ses funérailles.

La momie portait ordinairement au cou un collier composé de petites amulettes en faïence émaillée, où toutes les divinités du panthéon égyptien se trouvaient représentées, soit dans leur forme naturelle, soit dans leur forme symbolique, soit simplement dans un de leurs attributs. L'exposition compte plus d'une centaine de ces petites figures. L'égyptologue peut y voir Osiris, sa femme Isis, leur fils Horus, Anubis, le taureau Apis, le cynocéphale, l'épervier, le vautour, l'ibis, le scarabée, le nilomètre, etc., tout ce qu'enfin une imagination mystique, poussant le symbolisme aussi loin qu'il pouvait s'étendre, présentait à la piété des adorateurs.

Antiquités grecques. — Cette série ne se fait remarquer que par quelques vases en céramique; mais l'importance des objets ne se mesure pas à leur nombre. Deux *œnochoë*, petits vases à une anse, rapportés directement d'Athènes par deux voyageurs différents, peuvent servir à fixer une détermination longtemps incertaine. On sait la question qui, d'abord, divisa les savants : les vases qu'une attribution ancienne appelait constamment *vases étrusques* ne doivent-ils pas être enlevés à l'Étrurie, et ne faut-il pas plutôt les nommer *vases grecs de terre peinte*? Ces deux petits vases, d'une origine bien athénienne, auraient parfaitement figuré parmi ce qu'on appelait les vases étrusques, et cependant ils appartiennent réellement à la Grèce. Ceux qu'on trouve journellement dans le midi de l'Italie sont enfants du même art. L'Étrurie a son genre propre, qui ne saurait être confondu. Le Musée Campana, dont le Musée de la ville de Rennes possède, grâce à la libéralité du gouvernement, de beaux et nombreux échantillons, a mis cette vérité en évidence, et la provenance indiquée des vases de l'exposition justifie le classement des vases de la collection municipale.

On ne saurait trop insister auprès des amateurs de l'art pour qu'ils ne négligent jamais de noter soigneusement l'origine et la provenance des objets que leur goût recueille en collection. Tel produit humble et modeste par lui-même acquiert quelquefois une haute importance par cette seule indication, tandis qu'un chef-d'œuvre d'origine inconnue ne peut souvent servir que d'un enseignement vague pour une esthétique abstraite.

Antiquités étrusques. — Deux bronzes d'ancien style doivent attirer les regards : l'un représentant *Minerve* combattant, la tête couverte d'un casque à cimier et à crinière, la poitrine couverte de l'égide, de la droite lançant le javelot ; l'autre représentant *Hercule* tenant de la droite la massue levée, la peau du lion de Némée jetée sur le bras gauche. Ces deux statuettes offrent tous les caractères d'une haute antiquité et d'un art antérieur à celui des Romains.

En céramique, on doit signaler un *œnochoë* peint d'une tête de femme de profil. Au premier coup d'œil on le prendrait pour un vase grec de terre peinte ; mais ce n'en est qu'une mauvaise imitation. Vers l'époque où l'autonomie étrusque périt sous les armes des Romains, l'art étrusque fut frappé du même coup et se réfugia dans de pâles copies de l'art grec. L'infériorité du travail, la rudesse du trait doivent faire attribuer ce vase peint à cette époque de décadence, vers la fin de l'art étrusque. Quelques années plus tard, tout disparaîtra dans la grande unité de l'Empire. Des vases d'un travail semblable qui se trouvaient dans la collection Campana, et dont quelques-uns ont passé dans la collection de la ville, justifient cette attribution.

Antiquités romaines. — Il n'est pas toujours facile de distinguer les produits de l'art romain, ou, pour parler plus exactement, de l'art italien, avec les produits de l'art gallo-romain, c'est-à-dire de l'art italien transporté dans les Gaules. Il faut de soigneuses indications de provenances pour guider un amateur qui désire se faire une idée nette et précise de leurs différences. L'exposition renferme quelques types véritablement italiens auxquels on peut avec sûreté se référer. On citera deux statuettes de femme en terre cuite, une lampe et des fragments de poterie rapportés de l'Italie méridionale.

Dans un autre ordre, on fera remarquer un petit buste en bronze bien patiné, de l'empereur *Hadrianus*, tête laurée, cuirasse à écailles avec épaulières, lequel a été rapporté d'Égypte.

Antiquités celtiques. — Nous voici sur le sol de nos pères. Mais si le terrain ne manque pas sous nos pieds, si les sujets d'observation abondent, si une réunion d'objets comme n'en offre aucun musée de province se présente à nos yeux, notre embarras ne fera que s'en augmenter. Voici bien en effet la matière à étudier, mais où est le guide à suivre? De quel côté doit naître la lumière? Qui dissipera l'obscurité? Ce n'est guère que depuis un demi-siècle que les savants cherchent sérieusement la solution du problème, et, pour le résoudre, il faut s'enfoncer dans les origines de l'humanité bien au-delà de toutes les époques historiques. Là, rien n'est certain, pas même le nom qu'il nous a plu de donner aux produits de cette existence primitive.

L'archéologie, pour ces époques qui semblent être voisines des grandes révolutions du globe, est obligée de s'appuyer sur la géologie. Voici une hache en silex à peine dégrossi; elle a été trouvée dans le *diluvium* de Saint-Acheul, près Amiens. Une autre vient de la même formation de terrain, près d'Abbeville. On connaît les travaux de M. Boucher de Perthes et ses découvertes; ces haches peuvent en donner une idée. La civilisation commence; l'homme est capable d'un travail plus difficile; il taille et polit le granit, le grès, l'amphibole, l'ophite et la serpentine; le luxe vient, et que l'on compare les haches primitives du *diluvium* du Nord avec ces haches en agathe aussi précieuses par la matière que par le fini du travail et la beauté du poli, et qu'on se demande comment ces barbares, capables de si prodigieux efforts et d'une telle ténacité d'exécution, pouvaient en être encore à ignorer l'usage des métaux. C'est là en effet l'*âge de pierre*. Toutes les formes, toutes les dimensions des armes, des outils, des ustensiles, passent devant vous : voici des haches colossales, véritables armes de géants; en voici de toutes petites, amusements de femmes ou d'enfants; la matière change comme la façon; la pointe s'effile ou le tranchant s'amincit; l'usage en modifie la forme; la destination l'évase ou l'allonge. Dans le principe, on l'insère dans une pièce de bois ou dans un os long; on l'y fixe avec des courroies; plus tard la pierre se perce d'un trou, et on y fixe un manche plus commode. On a à son choix une hache, à son choix un marteau. Le silex fournit des pointes de flèche, des dards ou pointes de javelot. On en fait aussi en os, en arêtes de poissons. Voulez-vous de la coutellerie? Voici le silex blond pyromaque qui donnera des poignards, des couteaux à double tranchants, armes cassantes, il est vrai; mais dont le fil de la lame n'a rien à envier au bronze de l'âge suivant.

Comment l'*âge de bronze* vint-il ensuite? Est-ce un perfectionnement local de la raison guidée par l'expérience? Est-ce une peuplade étrangère plus haut placée dans l'échelle de la civilisation qui, envahissant à force ouverte le territoire, a donné ses arts nouveaux en imposant sa domination? Vaste champ pour les recherches et les conjectures! Quoi qu'il en soit, on peut suivre ici la transition d'un âge à l'autre. Souvent ils se juxtaposent sans se confondre, souvent ils se mêlent sans se séparer. Les mêmes haches que vous avez vues en pierre, les voici en bronze. Le métal en fusion se prête à toutes les idées : vous avez un moule sous les yeux; la forme se modifie; des rainures s'y pratiquent, des anneaux s'y ajoutent; le métal n'est plus massif; il se creuse en douille, il se perfore pour recevoir un manche; de la hache gauloise à la hache de fer du Romain il n'y a plus qu'un pas. Le javelot, la flèche empruntent leur pointe au métal, la lance arme son extrémité du bronze homicide; le poignard, le couteau sont en bronze tranchant; au lieu de la massue de tronc d'arbre, c'est une masse d'armes à pointes ou lames saillantes. Le génie destructeur de la guerre va plus loin : l'épée pointue et à double tranchant, coulée d'une seule pièce, lame, garde et poignée, devient une arme plus terrible dans la main du combattant. Mais considérez cette poignée, et dites quelle petite main pouvait s'en servir? A peine un enfant de nos jours y trouverait place suffisante pour sa main exiguë. La même observation peut se faire sur une épée gauloise de la collection municipale. La petitesse des mains, la distinction des extrémités était donc, cela est certain, le caractère spécifique du Gaulois. Voici une autre épée gauloise en bronze; mais celle-là est dessinée suivant les idées romaines; elle est toujours coulée d'un seul jet, le style et la fabrique en sont les mêmes; mais sa poignée est pour une main ordinaire, et une tête barbue du Jupiter latin en orne la garde : la Gaule se soumettait.

Mais ce n'est pas seulement la chasse ou la guerre qui se trouve représentée dans ce tableau complet de la civilisation gauloise avant la conquête. Pour les usages domestiques, on y voit en bronze le marteau du forgeron, le ciseau du tailleur de pierres, l'outil du bucheron ou du charpentier.

La parure du Gaulois et de sa rustique compagne y brille de son éclat primitif. Déjà la mode était changeante, car la matière des ornements varie comme leur forme et leur emploi. Est-ce à l'âge précédent ou à celui-ci qu'appartient ce collier de coquillages? ces rangées de globules et de petites plaques en cristal de roche ou en agathe? Mais, pour sûr, c'est à cette dernière période qu'on doit attribuer celui-ci, où se mélangent la verroterie de couleur et l'émail ; il y en a en terre vitrifiée ou émaillée, terminés par un croissant de bronze ; d'autres sont formés d'anneaux de potin, terminés par un croissant de même. Le bronze pur forme des colliers, des *torques*, des hausse-col, des plastrons, des bracelets pour les bras, pour les poignets, pour les jambes, les uns d'une pièce, d'autres en grosses perles de métal soudées ou séparées, en chaînes ou chaînettes. La force, le poids et la dimension indiquent quels sont ceux qui sont destinés à l'ornement du guerrier, ceux qui sont pour la parure de la femme. Dès qu'il s'agit de parure, on est certain que l'art marchera rapidement : les ciselures paraissent, le serpent se roule en spirale, le bronze ne suffit plus. L'or et l'argent apparaissent : les bagues et les bijoux réclament ces métaux précieux. Ce n'est pas tout : il faut bien un miroir pour agraffer sa fibule, et la civilisation romaine est trop proche pour qu'on ne lui fasse pas cet emprunt. On lui en fait bien d'autres. La plastique vient figurer en bronze l'auroch de la forêt, l'aigle de la montagne, le cerf, le sanglier, le taureau, le cheval ; l'artiste est barbare, il est vrai, mais il n'a pas trop besoin pour qu'on le reconnaisse d'y inscrire le nom de l'objet figuré ; d'ailleurs, il ne sait probablement pas écrire. Aussi ses premières monnaies sont muettes, et elles représentent non moins grossièrement sur le bronze et le potin les animaux que son génie naissant lui a déjà fait couler en bronze.

Au milieu des énigmes qui réclament des explications, on présentera des rouelles ou petits anneaux en plomb ou en potin entourés de crans en nombre variable. Quel était leur usage ? A-t-il précédé, comme quelques-uns l'ont dit, la monnaie, le signe représentatif par excellence ? En voici qui viennent du camp gaulois d'Amboise. La Bretagne en fournit aussi. Dans ce pays aux mœurs persistantes, vous n'avez qu'à vous présenter au marché de Rennes. L'industrieux Breton

contrefait les rouelles celtiques au moyen d'un surmoulage,
et pour les ménagères de nos jours, c'est le *peson*, dont le
poids sert à lester le fuseau qui tourne.

Ce tableau serait inachevé si l'on n'y voyait la céramique
gauloise. Voici un vase trouvé à Épernay; c'est une pâte
grossière, à demi-cuite, pétrie et arrondie à la main. Celui
qui imagina un pareil ustensile dut être, de son temps, réputé
bien inventif. Mais comme depuis lors la civilisation a marché! comparez l'art naissant chez les peuplades sauvages de
nos forêts avec ce qu'il est aujourd'hui, et mesurez le chemin
parcouru.

Antiquités gallo-romaines. — C'en est fait : l'autonomie gauloise a disparu, et le peuple romain a, par la conquête, imposé ses arts comme sa religion. Le Gaulois ne
songe plus qu'à imiter les œuvres de ses nouveaux maîtres.
C'est au nombre de ces imitations qu'il faut mettre un joli
amour porte-flambeau en bronze, trouvé en Bourgogne; un
réchaud du même métal trouvé à Rennes. La verrerie offre
de petites fioles à parfums placées dans les tombeaux, et
qu'on a souvent désignées sous le nom impropre de lacryma-
toires. Mais c'est la céramique qui présente ses produits les
plus nombreux et les plus variés. On y voit une grande quan-
tité de ces fragments en argile rougeâtre connue sous le nom
inexact de *terra campana*, car ils sont bien de fabrique indi-
gène : dans plus d'une localité, on a trouvé les moules et les
poinçons qui ont servi à les fabriquer. Les morceaux qui se
présentent ici ont été déterrés soit à Corseul, l'ancienne ca-
pitale des *Curiosolites*, soit à Rennes. Ils sont de dessins
divers, les uns lisses, d'autres avec des sujets en relief où
figurent des arbres, des arbustes, des fleurons, des enroulements, et même des animaux et des personnages. Quelques-
uns ont au fond la marque de fabrique, le nom du potier qui

les a exécutés. Il y a quelques années, on a trouvé à Cesson, près Rennes, les débris d'une fabrication d'où sortaient des statuettes de Vénus Anadyomène et de Latone tenant dans ses bras Apollon et Diane. Le moule les estampait en deux parties que soudait ensuite la cuisson au four. Il en existe au musée de la ville, et l'exposition en offre également. Un petit coq a été produit par le même procédé. Il a dû également sortir de cet atelier des lampes communes.

Les ruines d'habitations romaines mises au jour ont présenté des débris intéressants, parmi lesquels des fragments d'enduits de murailles avec des traces d'ornementation en couleur, des tuiles romaines à rebord, des briques, et surtout deux carreaux de lambris en ardoise représentant en relief un poisson, accompagné sur l'un par un bœuf marin, sur l'autre par un hippocampe.

DEUXIÈME SECTION.

OBJETS D'ART DU MOYEN AGE ET DE LA RENAISSANCE.
OBJETS D'ART DES XVIIe ET XVIIIe SIÈCLES.

Le **Marbre** a peu été travaillé dans le moyen âge, mais l'Italie, à l'époque de la renaissance des arts, s'est mise à sculpter le produit de ses belles carrières. L'Exposition peut exhiber de remarquables statuettes en ce genre, œuvre d'artistes italiens des XVIe ou XVIIe siècles. On cite une Vierge tenant l'Enfant Jésus dans ses bras; à ses pieds un petit ange présentant à l'enfant une corbeille de fruits. — Une autre Vierge tenant aussi dans ses bras l'Enfant Jésus; à ses pieds le petit saint Jean. — Un Saint-Michel terrassant le dragon infernal, etc.

L'art français compte en marbre une bacchante enivrée, couchée à terre sans aucun voile. Le style accuse l'époque de

Louis XV. Ce n'est plus la chaste nudité de l'art antique; c'est l'art sensuel qu'animait de son esprit la marquise de Pompadour.

La sculpture s'est empreinte sous le règne suivant d'un sentiment plus pur. Qui n'a remarqué le buste de cette petite fille, en marbre blanc, et celui de son petit frère, en terre cuite, deux chefs-d'œuvre du célèbre Houdon. C'est aussi du réalisme, il est vrai, mais que de grâce et d'innocence charmante!

L'**Albâtre** gypseux, commun en Italie, a donné différents compartiments de plusieurs petits retables d'autels portatifs représentant des scènes du Nouveau Testament; quelques-uns ont été rehaussés de dorure. La fin du xve ou le commencement du xvie siècle sont la date de ces bas-reliefs.

Une **Pierre** calcaire à grain très-fin, dont les analogues ont servi depuis à la lithographie, offre un bas-relief remarquable d'Annibal Fontana, de Milan, qui a imité le tableau de Paul Veronèse au maître-autel de l'église de Saint-Celse de Milan. Saint Sébastien est entre les mains des saintes femmes, après avoir été percé de flèches. Il est fort délicatement exécuté sur une matière délicate.

Ce serait un objet de reproches que de passer sous silence de jolies **Terres cuites**, de Clodion ou de son école. Dans les sujets religieux, le Christ à la colonne, saint Sébastien, sainte Anne; dans les sujets profanes, une grande et belle frise, un groupe délicieux d'un faune avec sa faunesse, caractérisent ces œuvres du xviiie siècle, vers lesquelles on se reporte aujourd'hui.

Le **Bois**, à la portée de tous, se prête admirablement à la sculpture. Il faut citer, dans les statuettes, la Sainte Vierge tenant l'Enfant Jésus, sujet bien des fois répété; l'évangéliste saint Luc, la duchesse Anne de Bretagne, debout, la couronne en tête, et qui rappelle le faire de Michel Colomb. On n'oubliera pas un beau reliquaire d'un travail très-soigné, un bénitier remarquable, et surtout une grande scène de la mort de la Vierge, où le nombre des personnages et la perspective hardie du haut relief commandent l'attention.

Les **Meubles** tiennent à la fois de la sculpture et de l'ébénisterie. Le style flamboyant du xvᵉ siècle est représenté par un beau bahut à ogives. Le xvⁱᵉ apparaît : d'autres bahuts d'un style modifié se produisent; c'est une riche ornementation à personnages; ce sont des rinceaux variés. Sur le devant d'un bahut à compartiments, on voit : 1° l'Annonciation (Luc, I, 26); 2° la Nativité (id., II, 5); 3° l'adoration des Mages (Matt., II, 1); 4° la fuite en Égypte (id., II, 13). Une chaire à prêcher, convertie en armoire, est d'une richesse sculpturale toute particulière. Sur le panneau de devant, Ève dans le Paradis terrestre cueillant la pomme et l'offrant à Adam; le serpent tentateur est enroulé autour de l'arbre du Bien et du Mal (Gen., III, 1 à 6). Sur le panneau de gauche, Hérode et Hérodiade à table; sa jeune fille danse, accompagnée d'un musicien qui joue de la flûte traversière; Hérode lui promet la mort de saint Jean-Baptiste. Sur le panneau de droite, la décollation du saint; le bourreau a exécuté son œuvre, et la jeune fille met la tête dans un plat pour l'apporter à sa mère. (Matth., XIV, 1 à 11.)

Bien des yeux ont remarqué un joli petit meuble en marqueterie d'ivoire et de bois de couleur, et dont les croissants en incrustation fixent la date au règne de Henri II. On doit parler aussi d'un grand cabinet à deux corps et quatre venteaux, qui est un bon spécimen du xvⁱⁱᵉ siècle; d'une belle commode en palissandre avec cuivreries contournées indiquant le règne de Louis XV. Faut-il classer cette autre commode et ses encoignures à la Chine ou à la France? Elle est en vieux laque, mais sa riche monture et ses cuivres dorés sont du règne de Louis XVI.

Parmi les vieux **Coffrets,** on en voit en ébène; en bois de Sainte-Lucie, avec garnitures en fer découpées à jour; — en ivoire, écaille et palissandre; — en ivoire blanc et ivoire vert avec compartiments.

Des **Chaises** à long dossier sculpté à jour présentent leurs siéges aux visiteurs.

L'**Ivoire,** par sa finesse, la facilité qu'il offre à l'outil, son beau poli et ses garanties presque illimitées de conservation, a, depuis l'antiquité jusqu'à nos jours, présenté aux sculpteurs la matière la plus désirable. Ils l'ont employé à l'envi pour les petites pièces.

Les *triptyques* ou *diptyques,* chapelles portatives à trois ou deux volets en ivoire sculpté, représentant des scènes du Nouveau Testament, plus particulièrement de la Passion de Notre-Seigneur Jésus-Christ, ont été fort recherchés par la piété des riches fidèles aux xive, xve et xvie siècles. L'Exposition de Rennes en possède un bon nombre, dont quelques-uns offrent le fini spécial à ce genre de travail. Voici la description d'un triptyque, ouvrage espagnol de la deuxième moitié du xve siècle : sur la face extérieure des volets mobiles sont peints deux anges nimbés. A l'intérieur est figurée, sur le panneau central, la Sainte Vierge tenant l'Enfant Jésus dans ses bras et couronnée par deux anges. De chaque côté sont les apôtres saint Jean et saint Paul. Le volet de gauche est occupé par saint Barthélemy, celui de droite par saint Laurent. Les diptyques sont plus ou moins compliqués. Celui-ci, également originaire d'Espagne, présente trois registres par volet. 1° L'entrée de Jésus-Christ dans Jérusalem (Jean, XII, 22); 2° le lavement des pieds (*id.*, XIII, 4); 3° la sainte Cène (Matth., XXVI, 26); 4° le Jardin des Olives (*id.*, XXVI, 30); 5° l'arrestation (*id.*, XXVI, 47); 6° le Christ en croix (*id.*, XXVII, 35). Sur d'autres, c'est d'un côté la Nativité, de l'autre l'Adoration des Mages, ou bien l'Adoration des Mages et le Christ en croix, ou bien encore la Vierge tenant l'Enfant Jésus et le Christ en croix. Sur un tout petit diptyque, on voit d'un côté sainte Catherine et sainte Barbe; de l'autre les apôtres saint Pierre et saint Paul. Ce dernier diptyque doit être de provenance italienne, car c'est l'usage romain de placer saint Pierre à la droite de saint Paul; ou, comme l'on dirait en blason, le premier à dextre et le second à sénestre. On remplirait une page rien que du titre des livres qu'on a écrits pour expliquer pourquoi saint Pierre occupe la gauche sur les sceaux et les monnaies des Papes. Ceux qui sont curieux de ces sortes de discussions peuvent consulter à ce sujet les traités de diplomatique des Bénédictins.

Bien que les *paix* que l'on baise à l'Offrande soient ordinairement en métal, en voici cependant une en ivoire, représentant Jésus-Christ descendu de la Croix et reçu dans les bras de sa mère accablée de douleur.

L'ivoire a aussi été employé pour faire de jolies *statuettes* : saint Christophe portant l'Enfant Jésus, — la Vierge tenant l'Enfant Jésus dans ses bras, — un Enfant Jésus qui paraît être de travail flamand.

A la Renaissance, les sujets religieux ont été un peu délaissés par les ivoiristes pour la *mythologie* payenne. Une plaque d'ivoire, montée depuis en tabatière, représente Vénus couchée : deux amours volent vers elle. — Sur un coffret sculpté à jour, l'éducation du jeune Achille par le centaure Chiron. D'un côté, dans un compartiment, le dieu Mars; de l'autre côté, la déesse Minerve; c'est l'école française. L'école allemande est représentée par un Widercom, où est gravé en deux registres le jugement dernier. L'école flamande figure avec avantage sur un grand pot, où l'ivoirier a figuré l'enlèvement de Déjanire par le centaure Nessus; Hercule, la massue à la main, menace en vain le monstre qui l'emporte dans les flots. (Ovide, *Mét.*, IX, 4.) L'anse est formée par une sirène qui se recourbe. Ce sont les formes charnues dans lesquelles se complaisait Rubens et les peintres d'Anvers, ses imitateurs.

Malgré sa fragilité, l'ivoire a aussi été employé par les gens de guerre, mais plutôt, je crois, pour des *armes* de parade que pour des combats sérieux; car on ne pouvait guère utiliser autrement cette poignée d'épée à jour, dans le genre des claymores écossaises. — Voyez un pulvérin sur lequel est une scène de bataille jetée avec animation.

Cette précieuse matière, un instant délaissée, reprit faveur lorsque la mode introduisit l'usage du tabac ou petun. Il arrivait d'Amérique à l'état de carotte, et chaque priseur râpait sa petite consommation au fur et mesure que la nécessité stimulée par l'habitude lui en faisait sentir le besoin. On se servait à cet effet d'une petite *râpe* contenue dans une élégante boîte très-ovale, en buis ou en ivoire, et terminée en coquille; la prise tombait à l'extrémité. Le caprice les orna, les grava, les cisela, les couvrit d'arabesques, les enrichit de portraits. L'exposition de Rennes en présente une suite aussi nombreuse que variée; les unes solennelles, c'est le jeune Louis XIV en pied couvert du manteau royal; d'autres grivoises, d'où le nom qui leur est donné quelquefois. On y voit des scènes populaires : le marché aux poissons, des ivrognes au cabaret, un mari battant sa femme. Un goût plus épuré ou plus prétentieux y place des sujets de la mythologie ancienne ou des groupes plus modernes de bergers impossibles faisant l'amour à des bergères de fantaisie. Enfin, la tabatière vint, la râpe ainsi que l'ivoire disparurent pour faire place à ces petites boîtes que tous les arts s'efforcèrent d'enrichir tour-à-tour; la peinture, la ciselure, la mosaïque, les embellirent à l'envi, mais elles appartiennent alors à des séries diverses.

Le cuivre n'est guère employé pur. Allié avec l'étain, il

forme le **Bronze.** Quelle matière plus que le bronze se prête
à l'expression de l'art? Dans tous les genres, Florence ne
laissa en Italie prendre à personne au-dessus d'elle un rang
incontesté, et ses bronzes occupèrent toujours sûrement la
première place. On peut en juger par deux statuettes floren-
tines du plus grand prix, qui se tiennent debout dans les
vitrines de l'Exposition. C'est aussi à l'école italienne qu'il faut
rapporter ces réductions du groupe de Laocoon et de la statue
aérienne du Mercure de Jean de Bologne. On doit citer aussi
une Vénus Anadyomène, une Diane chasseresse avec la biche
de Cérynée, aux cornes d'or et aux pieds d'airain, si toutefois
il n'y a pas à craindre de confondre les produits de l'art italien avec quelques bronzes excellents que produisit au xvi⁰
siècle la Renaissance française, tels que les bustes de Henri IV
et de Marie de Médicis, qui ne le cèdent à aucun bronze
italien. Mais l'art français prend bientôt son caractère propre.
Le grand siècle en fournit un des plus beaux exemples. C'est
une réduction en bronze de la statue équestre de Louis XIV,
ouvrage de Coysevox, établie en 1725, à Rennes, sur la place
du Palais, et renversée en 1793. On ignore l'auteur de cette
belle réduction, qui peut bien être l'œuvre du maître lui-
même. Le siècle de Louis XV se reconnaît ensuite, au premier
coup d'œil, à ses formes maniérées. Deux sphynx femelles
habillées comme de belles dames, deux petits groupes de
faunes et d'amours entourés de guirlandes, Bacchus enfant
monté sur son âne, sont de cette époque secondaire.

Il y en a qui se sont ingéniés à faire des tableaux en
bronze, bien que le fondeur et le peintre n'eussent pas dû se
faire concurrence. Divers procédés ont été employés. Deux
petits sujets de sainteté en offrent des spécimens, l'un exécuté au repoussé, l'autre fondu et ciselé. On voit aussi deux
médaillons qu'on peut prendre pour de petits tableaux : une
scène du déluge, l'arche sur les flots (Gen., VII, 18); le cou-

ronnement de la Vierge. Mais quel que soit le mérite de ces divers travaux, ce n'est que celui d'une difficulté vaincue; la toile et la palette l'emporteront toujours.

Le véritable emploi du bronze en méplats est pour les matrices de sceaux ou pour les médailles. La **Sphragistique** est bien représentée par les xive et xve siècles, et elle offre plusieurs pièces inédites d'un intérêt spécial à la Bretagne. Quant à la **Numismatique,** elle n'était guère de nature à étaler ici toutes ses richesses. La suite bretonne s'y présente néanmoins d'une manière suffisante pour captiver l'intérêt du pays. Tout en passant vite, on doit s'arrêter cependant pour citer la grande médaille de Louis XII et d'Anne de Bretagne : ✝ FELICE. LVDOVICO. REGNATE. DVODECIMO. CESARE. ALTERO. GAVDET. OMNIS. NACIO. Buste du Roi. — ℞ ✝ LVGDVN. RE. PVBLICA. GAVDETE. BIS. ANNA. REGNANTE. BENIGNE. SIC. FVI. CONFLATA. 1499. Buste de la reine. Il faut rappeler aussi un rarissime exemplaire de la médaille placée en 1618 dans les fondations du Palais-de-Justice de Rennes. M. de la Porte, dans ses *Rech. sur la Bret.*, I, p. 100, en a publié les légendes, mais sans précision suffisante; il est nécessaire de les reproduire pour plus d'exactitude : ✝ LVDOVIC. 13. IVST. FRANC. ET NAVA. REX ET IVSTITIÆ THALAMVS IMMORTALIS. Le roi sur son trône. — ℞ ✝ LVD. 13 REGN. HÆC FVND. IAC. FVE. 10 SEPTEMB. ANNO 1618. Écussons accolés de France et de Bretagne, sommés de la couronne royale et embrassés des colliers des Ordres du Roi.

Le cuivre allié au zinc devient le **Laiton** ou **cuivre jaune.** On peut citer en cette matière des crucifix et des croix processionnelles; sur l'une d'elles, qui rappelle les calvaires bretons, on voit les deux Marie se tenant debout de chaque côté de Jésus étendu sur la Croix. (Jean, XIX, 25.) Les usages ordinaires de la vie utilisent volontiers le laiton. Ce sont à l'Exposition : deux grands chandeliers, une paire de mouchettes, une balance, un mortier, des boucles de ceinturon, un hanap, une trompe de chasse, une lanterne, des chenets chantournés à personnages, etc., etc.

La **Dinanterie** offre quelque intérêt. Et tout d'abord, ce n'est pas Dinan dans les Côtes-du-Nord, mais Dinant en Belgique qui a donné son nom à cette industrie. On peut remarquer de beaux plats en cuivre jaune avec leurs couvercles. Des sujets exécutés au repoussé avec beaucoup de soin, figurant Adam et Ève. (Gen., III.) Deux Israélites portant suspendue sur leurs épaules, à l'aide d'un bâton, la pesante grappe de raisin de la terre promise. (Nomb. XIII, 24.) Le monogramme du Christ, IHS. On y voit même des sujets profanes, un amour jouant de la musette, etc.

Si le **Fer** plus altérable que le cuivre et ses alliages, et présentant dès lors plus de chances de destruction, ne pouvait donner d'objets remarquables par leur ancienneté, il en offrait au moins de remarquables par leur exécution. Le xve siècle produit un beau casque de chevalier avec sa visière mobile, une paire de gantelets, des fragments de cottes de mailles, un poignard, dit miséricorde, sans doute par antiphrase, une petite panoplie formée par des éperons de toutes formes, trouvés dans la Vilaine lors du creusement de son nouveau lit, ainsi que des fers à cheval, des couteaux, etc. Le xvie siècle expose un fort beau casque de chevalier avec ornements et sujets au repoussé, une salade de fantassin, une paire d'éperons à grandes molettes, des pertuisanes, des hallebardes, des sabres et des épées. Après les armes blanches viennent les armes à feu qui, dans le principe, ne consistent qu'en pistolets et carabines à rouet. Il faut sauter rapidement par dessus le xviie siècle pour arriver à un admirable fusil de chasse à deux coups, canon tordu, batteries ciselées, bois sculpté avec incrustations en filigrane d'argent, véritable chef-d'œuvre de l'arquebuserie française du xviiie siècle. Il porte sur la platine et sur le canon TARDIVEAU A REDON. De nos jours, y fabriquerait-on encore une arme de luxe aussi parfaite?

La **Serrurerie** et la **Ferronerie** figurent très-convenablement. Un grand nombre de clefs de toutes les combinaisons, depuis les plus simples jusqu'aux plus compliquées, depuis celles du moyen âge jusqu'à celles de l'époque moderne, une délicieuse serrure avec ornements du style ogival flamboyant, une autre de la même époque, provenant du château de Nantes et décorée des armes mi-parties de France et de Bretagne, et au-dessous de l'invocation **ave maria** (Luc I, 28), les verroux, les heurtoirs, les chaines et chaînettes, les coffrets avec serrures à secret, avec ornements découpés, et cent ustensiles nécessités par l'application du fer à notre vie domestique, montrent assez avec quelle variété la main de l'artisan avait su s'exercer sur les objets réclamés par l'industrie, afin de satisfaire nos besoins ou notre luxe, nos passions ou nos fantaisies de chaque jour.

Mais s'il en est ainsi pour le fer, que sera-ce donc quand il s'agira de l'**Or** et de l'**Argent,** et que ces métaux précieux, travaillés par des mains habiles, deviendront ces merveilles qu'embelliront l'**Orfèvrerie** et la **Bijouterie**.

Au moyen âge, c'est la religion qui est le but principal des artistes. Voici un remarquable calice en cuivre doré. Ou lit autour de la coupe, en lettres gothiques anguleuses, du xve siècle, la légende : **agnus Dei qui tolis peca mbi** (Joan., I, 29). Sa forme est à peu près celle de nos ciboires. Sur le pied, un petit cartouche représente Jésus-Christ étendu sur le bois sacré. De chaque côté, les deux Marie se tiennent debout éplorées (Joan., XIX, 25). Voici, de la même époque, un fragment d'un beau reliquaire en cuivre doré. C'est un clocheton triangulaire, à trois pans, sur chacun desquels

est figuré un saint évêque, sous un dais ogival orné de
trèfles.

Au xvie siècle, l'art se sécularise, et la religion fait trop
souvent place à la mythologie. L'école de Benvenuto Cellini
produit un brûle-parfums en vermeil, gravé et ciselé avec
la perfection italienne. A la base, des médaillons de jaspe
sertis en argent. Aux quatre coins, une statuette d'argent. Au
dessus, un groupe du même métal, représentant Hercule
furieux, lançant Lichas dans la mer. (Ovide, *Mét.*, IX.) Le
corps du malheureux qui va être changé en rocher se durcit
déjà : son ventre est en nacre de perle. L'école française
montre un petit coffret carré servant d'écrin à bijoux. Sur
les faces, sont les quatre saisons avec leurs noms : VER.
ÆSTAS. AVTVMNVS. HIEMS. (Ovid., *Mét.* XV, 4) et leurs attributs distinctifs. De la même époque, une grande châtelaine en cuivre doré avec pierres de couleur; au milieu, la
Vierge tenant l'Enfant Jésus dans ses bras. On regretterait de
ne pas citer encore un chapelet en gros grains de jaspe
séparés par des ornements en vermeil; d'un bout, une bague
d'or, pour le tenir suspendu au doigt, de l'autre, une médaille
de vermeil où est gravé : ECCE HOMO (Joan., XIX, 5); au
revers : MATER SALVAT. (Joan., XIX, 25). Enfin des filigranes
de Gênes, des bagues et des bijoux de toute sorte pour
l'ornement et la parure, suivant les caprices changeants de la
mode.

Le xviie siècle, moins brillant, est aussi plus grave. Regardez cette croix d'or où la peinture en émail a figuré d'un
côté le Christ en croix, de l'autre la Vierge les mains jointes.
C'est la croix de la reine Henriette de France, fille de
Henri IV et veuve de Charles Ier. Qu'elle a dû de fois invo-
quer la Mère des douleurs! Regardez; mais en admirant la
délicatesse et la perfection du travail, songez que les ensei-
gnements de l'art s'effacent ici devant les grands enseigne-

ments de l'histoire! Est-ce bien à la sculpture ou à l'orfévrerie qu'il faut rattacher ce buste de haut relief, signé
BAVERET, représentant M. R. DE VOYER DE P. D'ARGENSON
CONᴱᴿ Dᴬᵀ Lᴬᴺᵀ GENᴬᴸ˜DE POLICE. Ces deux arts peuvent également réclamer cette belle œuvre coulée en bronze, ciselée
et dorée, et entourée d'ornements qui ont dû réclamer leur
double concours. Le magistrat est en robe, la tête couverte de cette volumineuse perruque qui caractérise la fin
du règne de Louis XIV, au-dessus une grue vigilante, em-
blème de la police, tenant dans sa patte levée une pierre,
dans son bec un serpent, avec la devise : VIGIL TACITA,
NOXIOR INIMICA. Au-dessous ses armoiries, timbrées d'une couronne de marquis. Saint-Simon dit dans ses Mémoires qu'il
avait une figure effrayante qui retraçait celle des trois juges
des enfers. Le fait est que ses traits prononcés, sa figure
sévère, et par-dessus tout cette immense perruque, produisent
un terrible aspect. Mais il ne devait épouvanter que les mé-
chants, car d'Argenson était un de ces hommes rares, à vertu
antique, digne de figurer à côté de d'Aguesseau.

Le XVIIIe siècle nous offre des images plus gracieuses.
Comment faire pour énumérer tout ce que l'orfévrerie nous
offre à cette époque de délicat dans l'idée, de riche dans la
matière, de fini dans le travail? A quoi donner la préfé-
rence? On ne peut tout décrire. Est-il possible de passer
sous silence ce magnifique déjeuner de vermeil ciselé? Comment renoncer à décrire toutes ces belles pièces d'argenterie
à chantournés, ces burettes d'église, ces bénitiers de chambre
à coucher, cette grande soupière armoriée, ces plats et plateaux, ce surtout, ces bouts de table, ces huiliers avec leurs
carafons d'une conservation si parfaite et d'un entretien si
bien entendu, ces flambeaux, ce nécessaire de toilette et tant
de pièces diverses que le luxe de nos vieux logis a pour cette
exhibition tirées des buffets où on les gardait pour les jours

solennels? S'il faut toutefois dire adieu à toutes ces belles
choses, ce ne sera pas sans mentionner avec amour une précieuse petite boîte ovale en or émaillé. Elle est de l'époque
où la ferme et la laiterie du Petit-Trianon avaient mis à la
mode les occupations champêtres. Au milieu des ciselures de
l'or, quatre médaillons de la plus charmante peinture en
émail représentent avec une naïveté coquette les travaux de
la campagne. Le mari, la femme et des enfants rosés forment
de délicieux petits tableaux de genre pleins de grâce et de
fraîcheur. C'est la nature de Trianon prise sur le fait, une
nature de satin et de velours.

L'**Horlogerie** se rattache directement à l'orfévrerie, car
les boîtes, boitiers, cartels ou montures dans lesquels les
mouvements mécaniques sont insérés, empruntent à cet art
toutes leurs richesses d'ornementation. C'est au xviᵉ siècle
qu'appartient cette horloge de bureau, en cuivre doré, à son-
nerie et à réveil. Sur ses quatre faces sont figurés les quatre
éléments : 1° ivpiter, scènes aériennes, aer calidvs et hvmi-
dvs; 2° vvlcanvs, scènes brûlantes, ignis calidvs et siccvs;
3° neptvnvs, scènes maritimes, aqva frigida et hvmida;
4° plvto, scènes terrestres, terra sicca et frigida. C'est
aussi à la même époque qu'appartiennent ces montres ovales,
imitations françaises des œufs de Nurenberg. Le règne de
Louis XIII a vu fabriquer cette belle pendule avec incrustations de cuivre doré, d'écaille et d'étain, cadran en
laiton avec les heures émaillées. On peut facilement la
distinguer des pendules de Boule du règne de Louis XIV,
par la différence du style et l'absence des ornements d'é-
tain qui ont alors disparu. Il y en a de magnifiques de
cette dernière époque, où tout était grand. L'horlogerie
portative de ce temps est non moins remarquable, et les
montres, par leur gros volume, fixent l'attention. Avec le
règne de Louis XV, le joli prend la place du beau. Ces

pendules à chantournés, en cuivre doré, en laque martin, ces montres d'or à cuvette émaillée, si charmantes par le fini et le gracieux de leurs compositions, appartiennent à cette époque, ainsi que celle-là dont le cadran d'émail se fait voir dans une applique où la porcelaine de vieux-Saxe marie ses couleurs fleuries à la richesse de la dorure. Enfin, le siècle se termine par une pendule à cadrans horizontaux, tournant devant une étoile fixe servant d'aiguille, changement introduit par une époque qui devait en apporter bien d'autres en tout genre.

Aux métaux se rattachent aussi d'une manière directe les **Émaux** de toute sorte, car le métal est l'excipient nécessaire qui doit recevoir la couleur. Ils se divisent en deux séries : les *émaux des orfèvres* et les *émaux des peintres*. Les premiers, qu'on appelle aussi *émaux incrustés* ou *cloisonnés*, durent pendant tout le moyen âge, jusque vers l'époque de la Renaissance. C'est parmi eux qu'on doit ranger ces châsses ou reliquaires en forme de tombeaux prismatiques ou de petites églises, ces crucifix, ces custodes au monogramme du Christ, et ces différents objets destinés au culte, que la piété de nos pères ornait de médaillons, de légendes et de symboles. C'est parmi les seconds, qui leur succèdent, qu'on doit classer ceux où le métal n'est plus que l'accessoire, où il n'est que ce que la toile est pour le peintre. L'école allemande, plus ancienne que l'école française, nous offre ici un bon nombre de cadres représentant différentes scènes de la vie et de la passion de N.-S. J.-C. Ce sont : Jésus chassant les vendeurs du Temple. (Luc, XIX, 45.) Jésus, avec la couronne d'épines et le manteau de pourpre, insulté et frappé. (Jean. XIX, 1.) Le proconsul Pilate et l'*Ecce Homo*. (*Id.* XIX, 5.) Jésus en croix entre les deux larrons. (*Id.* XIX, 18.) Jésus descendu de la croix entouré des saintes femmes. (*Id.* XIX, 25.) L'ensevelissement de Jésus et sa déposition dans le sépulcre.

(*Id.* XIX, 40.) Jésus descendu aux enfers, délivrant les âmes des justes qui attendaient sa venue. (Éphès., IV, 9.) L'apparition de Jésus en jardinier. (*Id.* XX, 15), etc. — Les émaux peints de l'école française sont plus corrects ; c'est à elle qu'on doit rattacher ces médaillons, malheureusement dépareillés, qui composaient la suite, alors à la mode, des XII Césars romains, ces jolies coupes enjolivées d'arabesques, et ce petit tableau qui présente une femme à genoux, en oraison devant une sainte debout foulant aux pieds le dragon infernal. Cette pieuse femme, c'est CATHERINE CHABOT. Au-dessus d'elle, ce sont les armes de sa noble maison, *d'or à 3 chabots de gueules*. Elle tient une banderolle où on lit le nom de la sainte à qui elle adresse sa prière : SANCTA MARGAR ORA PRO ME. — Qui ne connaît l'émaillerie limousine ? et toute grande collection ne doit-elle pas offrir de nombreux produits de cette fabrique féconde ? Il ne faut peut-être pas s'exagérer leur valeur au point de vue de l'art, mais il est remarquable de voir la persistance avec laquelle les générations d'artistes et les traditions techniques se perpétuèrent dans la ville de Limoges, depuis le XVIe jusqu'à la fin du XVIIIe siècle. Parmi les émaux exposés, il en est plusieurs marqués de signatures et qui permettent d'y rattacher, par similitude de manière, ceux qui ne sont pas ainsi authentiqués. On a de Noël Laudin, qui travaillait de 1699 à 1710, et qui signait tantôt *N Laudin émailleur près les iesuites à Limoges*, tantôt *NL.* seulement, un SALVATOR MVNDI et une MATER DEI faisant pendant, un Saint-Pierre, un Saint-Jean, etc. On a de Jean Laudin, qui vivait de 1663 à 1729, et qui signait tantôt *Laudin au fauxbourgs de Manique à Limoges*, tantôt *IL.* seulement, une s. THERESIA percée des traits de l'amour divin, un Saint-Benoit en oraison, etc. Après les Laudin viennent les Nouailher. On a différents sujets signés tantôt *Nouailher émailleur à Limoges*, tantôt

BN. seulement. C'est Bernard Nouailher aîné qui peignait de 1732 à 1748. Mais pendant que l'art de l'émailleur s'é-teignait à Limoges, il revivait à Paris, où l'horlogerie, la bijouterie et l'orfévrerie l'appliquaient de nouveau avec succès à leurs œuvres. On a déjà parlé des boites d'or à médaillons, des montres d'or à cuvette émaillée, qui avaient faveur sous les règnes de Louis XV et Louis XVI. Dans celles-là, l'émail n'était que l'accessoire du métal précieux; mais ici l'émail est bien le principal, et dans ces écrins, ces tabatières, ces boites à mouches, ces bonbonnières, ces salières, ces vide-poches en cuivre, entièrement revêtus d'une couverte d'émail fondu sur laquelle le peintre a dessiné les plus jolies fleurs, il faut voir une véritable renaissance de l'émaillerie qui s'est soutenue jusqu'à la fin du siècle. C'était toutefois sous l'in-fluence d'autres idées que les artistes parisiens maniaient le pinceau de l'émailleur, car leurs œuvres d'émail ne diffèrent de la porcelaine et de la faïence peinte que par la matière subjective.

La **Faïence** avait été d'un usage habituel en France et ailleurs pendant le moyen âge. Les carrelages historiés appar-tiennent à l'art de la céramique : c'est de la poterie émaillée. Dans ce pays, de nombreux spécimen existent en ce genre, et l'Exposition en a des échantillons variés provenant de diverses églises. Il y a même des carreaux funéraires indiquant soit par des attributs funèbres la place qu'occupait un chrétien décédé, soit par une courte épitaphe le nom du fidèle défunt qui réclamait une prière. Les carrelages décorés passèrent dans les ornements des habitations. Il y en a d'armoriés, tel que celui-ci, qui est *semé de France à la tour d'argent*. Ce sont les armes de Marie de la Tour, qui avait épousé en 1619 Henri de la Trimouille, duc de Thouars, du château duquel il provient. Mais rien n'indique de quelle fabrique sortaient ces différents carreaux peints.

En France, dès le xvi° siècle, la faïence émaillée était devenue la richesse des dressoirs et des tables servies avec opulence. Une salière rappelle les célèbres faïences de Henri II. Le secret s'en était perdu, lorsque Bernard de Palissy en devint un nouvel inventeur. L'Exposition de Rennes peut montrer, datant de cette époque, des plateaux où s'étalent tantôt la religion chrétienne, tantôt la mythologie païenne. On voit ici la décollation de saint Jean-Baptiste (Math., XIV, 10); là, Vénus nue et couchée. (Ovide, *De art. am.*, II, 61.) On y voit aussi un beau plat creux à mascarons, arabesques et personnages. Mais ces œuvres d'art ne se soutinrent pas, soit qu'elles fussent trop dispendieuses, soit que les élèves de Palissy fussent impuissants à continuer l'œuvre du maître.

L'atelier de Rouen travailla dans des conditions plus accessibles. L'exhibition a, venant de cette fabrique, des fontaines de salon à manger, des plateaux, de grands et de petits plats, des soupières, des salières, des huiliers, des assiettes, des pots d'apothicaire, etc., faïences plus ou moins belles, plus ou moins communes, ordinairement peintes en camaïeu bleu. D'un autre côté, l'atelier de Nevers, créé par les princes de Gonzague, donnait des produits, par la forme et la couleur, tout à fait artistiques sans cesser d'être usuels, et c'est à Nevers qu'il faut rapporter une belle soupière et des bouts de table qui ornent l'Exposition.

Mais à côté du *vieux-Rouen* et du *vieux-Nevers* doit maintenant venir se placer une fabrique jusque-là inconnue et qui va prendre son rang. On ne peut se dissimuler qu'au milieu du xviii° siècle Rouen et Nevers ne fussent en décadence, et cependant que de belles faïences de cette époque, sans attribution certaine, se recommandent à l'appréciation de l'amateur. Il n'y a plus aujourd'hui d'incertitude possible, et ce ne sera pas un des moindres fruits de l'exhibition. Elle a découvert et elle met en lumière ce qui désormais s'appellera le *vieux-Rennes*.

Quelques mots d'explication sont nécessaires au sujet de la première pièce datée sortie de l'atelier de Rennes. Les États de Bretagne avaient, en 1754, fait élever à Louis XV une statue pédestre en bronze. Le roi était debout sur un piédestal, devant se trouvaient figurés des groupes de trophées et de drapeaux. A sa droite, Hygie, debout, tenant la couleuvre d'Esculape, à qui elle offrait, dans une patère, un breuvage salutaire. A ses pieds, un autel et des fruits, symbole des vœux que la France avait formés pour le rétablissement du prince. A gauche, la statue assise de la Bretagne, entourée des attributs de la guerre et du commerce. Sur le piédestal, une inscription commémorative. (Delaporte, *Rech. sur la Bret.*, I, 431. Marteville sur *Ogée*, II, 499.) Des médailles d'argent et de bronze retracèrent ce monument, qui depuis a péri, renversé à l'époque de la Révolution. Le lavis original de Lemoyne, auteur de la statue, figure à l'Exposition, mais on peut y voir aussi une grande réduction en faïence blanche, signée *Fte Bourgoüin* 1764. Cette pièce n'a pu être évidemment modelée que d'après nature, et soumise au feu de la cuisson que dans un four de Rennes. Il y avait donc à cette époque, dans cette ville, des artistes faïenciers capables d'exécuter une épreuve difficile par son volume, compliquée par ses détails et réussie d'une manière très-satisfaisante.

L'existence dès ce temps à Rennes d'une fabrique artistique de faïence devient une certitude lorsqu'on jette les yeux sur un joli pot à eau en faïence à couverte blanche, avec des ornements et des fleurs où les tons verts, jaunes, bleus et bruns, se marient agréablement. L'anse est cassée et la cuvette manque. Il faut s'en consoler philosophiquement, car on doit s'estimer suffisamment heureux en lisant sous le fond

de ce vase : *Fait à Rennes Rue hüe* 1769. C'est aujour-
d'hui la rue de Paris. Voilà donc un type authentique. Il n'y
a aucune difficulté d'y rapporter ce chandelier de faïence
blanche et ce porte-huilier avec ses burettes, bien qu'il n'y
ait aucune marque, car c'est le même émail, et les fleurs mo-
nochromes sont du même brun violacé. Et cette magnifique
soupière, qui au milieu de sa vitrine attire tous les regards,
n'est-elle pas aussi de la fabrique de Rennes? Sa forme, ses
dessins chantournés dénotent le même temps, mais démon-
trent aussi la même fabrique, car ce sont et les mêmes couleurs et la même manière. On pourrait citer encore d'autres
pièces moins importantes; malheureusement cette perfection
ne s'est pas soutenue; la fabrication a dégénéré, on a peine
à la reconnaître dans quelques autres produits secondaires,
puis elle finit par ne plus donner que de la poterie commune.
Mais la faïence de cette ville a eu sa belle époque; elle a jeté
d'autant plus d'éclat que ses rivales brillaient moins. Et maintenant l'attention est éveillée; les yeux et les oreilles sont
avertis. Allez tous à la recherche du *vieux-Rennes*, recueillez-
en les restes, et, s'il en est temps encore, sauvez-en les
débris retrouvés (1)!

Les *faïences étrangères* doivent aussi fixer l'intérêt, et, en
première ligne, les majoliques italiennes le sollicitent vive-

(1) L'appel de l'Exposition commence à porter ses fruits. Depuis, une
autre pièce authentique de vieux-Rennes vient d'être retrouvée. C'est un
couvercle d'une soupière, émail très-blanc et très-uni, décor à bouquets de
fleurs polychromes, couleurs pâles. L'intérieur du couvercle porte l'inscription suivante : *Fait a Rennes Ruë hüe* 1770. La soupière et le plateau
manquent.

Le pot à eau appartient à M. le docteur Aussant, à Rennes; et ce couvercle appartient à M. Édouard Pascal, à Paris.

Un travail spécial se prépare en ce moment sur les faïences bretonnes.

ment. Voici un plat de Faenza, d'où est venu le nom de faïence; le peintre italien y a figuré Joseph vendu par ses frères. (Gen., XXXVII, 28.) Voici un plat de la fabrique d'Urbino, patrie de Raphaël. Voici deux plats de Castelli, représentant des paysages et des chasses. Regardez ces deux gros vases bleus; voyez ces deux salières avec ornements à reflets rouges métalliques. Puis c'est toute l'officine d'un apothicaire italien du xvie siècle; ce sont des pots à anses et sans anses, à couvercles et sans couvercles, des buires, etc., le tout orné comme il convient à un peuple artiste, qui pour tous les usages de la vie, pour la boutique comme pour l'atelier ou le magasin, pour la maison comme pour le palais, veut de l'art partout, partout de la forme et de la couleur.

L'Allemagne réclame aussi sa part. Il y a de beaux plats en faïence, sur lesquels on a peint des scènes de l'Ancien et du Nouveau Testament, telles que Abraham servant les trois anges à table (Gen., XVIII, 2); l'Annonciation (Luc, I, 28); les jolies faïences de Strasbourg et des deux rives du Rhin, avec leurs fleurs rouges, se montrent sous la forme de soupières, de plats, d'assiettes, de tasses, de soucoupes, de sucriers, de corbeilles, etc. La Prusse n'exhibe qu'une seule pièce; c'est un pot à eau et sa cuvette; mais cette seule pièce suffit, car c'est le triomphe de la faïence; ses fleurs et ses oiseaux n'ont rien à envier aux porcelaines de Saxe, on dirait presque à celles de Sèvres. Il est impossible de quitter la faïence allemande sans parler des pots à bière avec leurs couvercles d'étain; mais on tombe alors sur les *grès* de Flandre qui offrent, dans une autre matière, les mêmes modèles, mais avec plus de variétés, car les pots, les canettes, les bidons, les cruches et les cruchons, avec ou sans émail, présentent une série sans terme.

Enfin, après avoir commencé par les faïences françaises, on

finit par les faïences hollandaises, qui souvent, dans l'estime des curieux, leur disputent le pas, surtout quand ces amateurs ne sont pas français. Les Hollandais, par leurs factoreries de la Chine et du Japon, sont les premiers importateurs des porcelaines orientales. Ils se mirent à les imiter en faïence, et leurs essais furent favorablement accueillis. Les plats, grands ou petits, les potiches, les cornets, les vases de toute sorte, bleus ou de couleur variée, qu'on peut voir à l'Exposition, montrent qu'ils ont réussi en ce genre. Ils se mirent aussi à imiter les faïences bleues de Rouen, de sorte qu'on peut être quelquefois incertain dans ses attributions. Il est vrai que, d'un autre côté, Rouen a aussi imité les imitations chinoises de la Hollande. Il n'y a pas de reproches à se faire.

L'étude de la **Porcelaine** n'appartient pas précisément à l'archéologie. Cette espèce de céramique n'existait pas en Europe au moyen-âge, qui ne connaissait que la faïence. Les types vinrent de la Chine et du Japon lorsque les communications s'établirent, au xvie siècle, avec l'Asie par les comptoirs hollandais; mais ce ne fut qu'au xviie et même au xviiie que s'établirent des fabriques de porcelaine qui livrèrent au public des produits européens. La création de la manufacture royale de Sèvres ne date même que de 1753. Elle inaugura l'art national et offrit des modèles d'une perfection si rare dans la pâte, le décor et la dorure, que tout ce qui porte la marque du *vieux-Sèvres* est recherché avec passion, payé avec joie, montré avec orgueil. Cette pâte tendre est bien fragile. Prenez garde! Ne la touchez qu'avec les yeux. Voyez cette petite soupière; hélas! elle a subi l'injure du temps, qui n'épargne rien. J'aperçois une fêlure; mais cette pièce date de la fondation de cet établissement royal. Avez-vous jamais vu rien de semblable à ce déjeuner décoré de fleurs, à cet autre en vert céladon, à ces tasses d'une beauté sans pareille? Mais inclinez-vous, ce que vous allez voir, vous ne le verrez qu'ici : sur une grande plaque de porcelaine pâte tendre, c'est le portrait de Louis XV au milieu d'une couronne de fleurs. Les fleurs des jardins de Versailles ne sont ni plus fraîches ni plus belles. C'est à Mᵐᵉ du Barry que le vieux roi donna et ce portrait et cette couronne fleurie; et lorsque la malheureuse, perdue plus encore par les vices de la Cour que par les siens, dut, triste victime, les expier de sa vie, ce portrait fut acheté au château de Luciennes.

La pâte tendre se continua encore sous le règne suivant, alors que cependant la pâte dure avait déjà commencé à se fabriquer. On peut distinguer les uns des autres ces produits différents, mais la pâte tendre, trop fragile et d'une fabrication trop délicate, cessa pour faire place à l'autre; et à la fin du siècle, Sèvres ne fabriqua plus que de la pâte dure. On a placé comme objet d'étude le nouveau Sèvres près du vieux. On fait remarquer un grand et magnifique vase bleu de roi, datant du commencement du siècle, un sucrier du service de Napoléon Iᵉʳ, quelques pièces bleu de roi, données par Charles X à M. de Châteaubriand, et enfin, pour clore la série, quelques pièces richement décorées, sorties de Sèvres sous Napoléon III. On a placé également, comme objets de comparaison, des biscuits de vieux-Sèvres à côté de biscuits tout récents. Ce n'est en effet qu'en comparant l'art ancien et l'art moderne, au moyen d'échantillons formant des types certains, qu'on peut arriver à la sûreté d'appréciation.

Ce ne serait pas faire connaître en entier cette belle branche de la céramique que de ne pas placer ici les porcelaines de *vieux-Saxe*. Elles sont marquées des armes de l'Électorat, qui sont : *deux épées croisées en sautoir, la pointe en haut*. On peut voir dans les services de table des soupières, des plats et des assiettes, des tasses à café ornées de *vergiss mein nicht* (ne m'oubliez pas). Il y a aussi de charmants groupes, soit en porcelaine peinte, soit en biscuit. Quelquefois le Saxe sait rivaliser avec le Sèvres. Voici un thé de vieux-Saxe, c'est le plus charmant tête-à-tête qu'on puisse voir. Sur le plateau, Vénus et les amours, peints en grisaille. Sur chaque pièce, un médaillon avec un petit amour semblable. La peinture est aussi délicate que la porcelaine; tout cela est vaporeux comme le nuage, léger comme lui. Ces amours étaient ceux de Mme du Barry : ces pauvres captifs ont été aussi achetés au château de Luciennes.

A côté, et c'est déjà quelque mérite que de s'y trouver, sont le *vieux-Prusse* et le *nouveau-Prusse*. Voici même du Copenhague.

Arrivent maintenant la **Verrerie** et les **Cristaux**. Souvent on confond sous le nom de verres de Bohême des pièces d'origine bien différente. Il y en a de la Bohême; mais il y en a aussi de l'Allemagne et des Pays-Bas. L'exposition compte de tout un peu (on ne veut pas dire qu'il y en ait trop). Un remarquable verre daté de 1571 offre le portrait d'Auguste, électeur de Saxe, avec les armes déjà plus haut indiquées : *deux épées en sautoir*, timbrées du bonnet électoral. Un plus remarquable encore est daté de 1621, sous l'empereur Ferdinand II; c'est un grand et long *Wiederkommen*, avec l'inscription : *das heilige romische reich sampt seinen gliedern* (le saint Empire romain avec ses membres). Les armoiries des électeurs, des princes laïques et ecclésiastiques, des prélats, des comtes et des barons, ainsi que des villes impériales, y sont posées sur l'aigle germanique à deux têtes. Faire l'énumération de tous les fiefs dont les armes y figurent serait se laisser entraîner dans un grand traité de blason. Il faut se refuser à cette science héraldique. N'est-ce pas un devoir toutefois de faire un honneur particulier à un verre aux armes du comte palatin du Rhin : *de sable au lion d'or?*

Quoique moins beau, les gourmets doivent s'y intéresser davantage, car ce grand vidercom si blasonné n'était destiné qu'à boire de la bière, et cette coupe verte était consacrée au précieux vin du Rhin.

En verre de Bohème, il est à citer aussi de belles coupes, de grands verres à pied richement gravés, des corbeilles à jour et des cristaux élégants pour le service de table un jour de festin.

La verrerie des Pays-Bas réclame nécessairement ce beau verre à pied aux armes des sept provinces unies. Cette série de cinq verres concentriques entrant l'un dans l'autre est richement gravée au tour; ils sont couverts de sirènes dont les queues s'allongent en enroulements et s'entrelacent dans des feuillages en rinceaux. Il n'est pas difficile de reconnaître Rubens et l'école d'Anvers dans les formes de ces femmes imaginaires.

On retrouve en Italie ces verres concentriques. Trieste en envoie sur tout le littoral de la Méditerranée; mais ce qui est aujourd'hui perdu, ce sont ces belles verreries de Venise. Venise a perdu bien d'autres splendeurs! Une double spirale d'émail blanc monte en serpentant dans le pied de ce verre, des rubans roses circulent dans cette coupe, le filigrane se joue dans ce cristal; cette belle glace à pans coupés en biseau, encadrée dans une bordure de même, c'est une glace de Venise.

C'est que nos pères ne négligeaient rien pour la décoration des appartements. La **Tapisserie** en est une preuve. On voit étendue sur la muraille une litre ou garniture d'un baldaquin de lit, tissée laine, soie et or, beau spécimen du xvie ou xviie siècle. De la manufacture royale des Gobelins sort ce charmant écran où des fleurs et des fruits offrent leurs vives couleurs au milieu d'ornements chantournés du xviiie siècle. De la manufacture de Beauvais sort un autre écran qui a aussi son caractère, et enfin un paravent en trois feuillets, où se jouént de petits amours joufflus, frais comme la rose vermeille.

Comment se fait-il que cette **coiffure** en jais noir, que les tableaux et les estampes nous montrent sur la tête des dames de la Cour de François Ier, puisse encore exister? Les modes ont-elles donc cette éternité! Les objets de parure, quelque légers et fragiles qu'ils soient, peuvent bien traverser le temps. Voici des **éventails** Louis XIV, c'étaient des gouaches représentant des joutes sur l'eau, des repas champêtres. On les a défaits de leurs montures, et c'est dommage, pour les coller sur panneau et en faire des cadres ovales. Des éventails Louis XV ont été plus heureux; ils se présentent tels que les belles dames avec poudre, mouches et paniers, les tenaient à la main. Il y a là des gouaches délicieuses sur papier, sur soie, sur ivoire. En voici une qui représente la naissance du petit Dauphin, qui depuis fut Louis XVI; en voici une autre en laque-martin. De plus modernes figurent la Montgolfière, invention qui n'a pas eu les résultats qu'en attendait l'enthousiasme d'une époque avide de nouveautés; d'autres sont couvertes de paillettes ou de clinquant. C'est le caprice féminin qui a emprunté l'éventail à la Chine, l'usage le maintient en Espagne, mais la mode ne le tolère en France que lorsque le genre pompadour en fait un objet tout à la fois de luxe et de curieuse recherche.

Cette Exposition archéologique eût été incomplète si on ne l'eût terminée par cet art destiné à les assurer tous, sans lequel toutes les connaissances humaines, confiées à une tradition impuissante, auraient péri, et par lequel la religion, les sciences et les lettres traversent, en s'affermissant, les générations qui se suivent. C'est à l'écriture qu'est dû ce progrès indéfini, et c'est par les **manuscrits** qu'il se trouve fixé, pour passer en se continuant d'âge en âge. Le premier de tous les livres, n'est-ce pas l'Évangile? Voici l'Évangéliaire de l'abbaye de Saint-Georges de Rennes, fondée au xiᵉ siècle par le duc de Bretagne Alain III. Ce précieux manuscrit est bien du temps de la fondation, les principes certains de la paléographie en font remonter la date jusque-là. Malgré son ancienneté, ce n'est pourtant qu'une reproduction des évangéliaires en lettres onciales de l'époque carolingienne, tels qu'on en conserve dans les bibliothèques publiques de Lyon et de Poitiers (1). C'est la version italique de saint Jérôme, qui en s'améliorant est devenue le *texte reçu*, et qui plus tard a eu le nom de *Vulgate*. En tête est une grande miniature représentant Dieu le Père. Vient ensuite le canon des quatre évangiles, disposé en quatre colonnes concordantes ; puis le texte des quatre évangiles, précédé chacun d'une miniature offrant la représentation de l'évangéliste écrivant. On a conservé sur la nouvelle couverture des fragments de la reliure primitive, en plaques de vermeil repoussé. C'est dans une *vesica piscis*, Dieu le Père, la tête nimbée et posée sur une croix grecque avec la dextre bénissante, tel qu'on le trouve sur tous les monuments byzantins, entre l'A et Ω. Chaque nouvelle abbesse prêtait serment sur le livre ouvert devant elle. On y lit, sur deux pages blanches, la formule du serment, en caractères du xiiiᵉ siècle environ : forma juramenti quod debet pstare abbatissa mon. sci georgii redon. in suo primo et jocundo adventu, etc.; puis en regard la traduction en français : la fourme dou serment, etc., spécimen intéressant et inédit de la langue d'oil qu'avait introduite en Bretagne la Maison de Dreux. Une autre plume fera connaître en détail ces textes curieux, et en publiant le cartulaire de Saint-Georges, ne laissera rien à désirer sur tout ce qui concerne cette ancienne

(1) L'abbé Cousseau, *Mém. de la Soc. des Ant. de l'Ouest*, III, 323.

abbaye. Avec la même sévérité d'exécution est un bel évangile de Saint-Marc avec le commentaire marginal de Saint-Jérôme, d'une écriture du xii° ou xiii° siècle. Mais aux xiv° et xv° siècles, l'art de l'écrivain et du miniaturiste suit un autre cours. L'écriture se néglige; le peintre gagne ce que perd l'écrivain, et tout le luxe de la couleur se déploie dans l'imagerie et l'ornementation du manuscrit. C'est surtout dans les livres d'heures que cette richesse se fait remarquer. La liturgie mettait à cette époque dans les mains des fidèles laïques des livres de prières, comprenant l'almanach avec l'ordre des fêtes, l'office de la Vierge, suivi de l'office des morts et de quelques oraisons. On ne suivait la messe qu'avec le chapelet. Les livres connus sous le nom de *Paroissiens* ou *Journées du Chrétien* ne sont pas antérieurs au règne de Louis XIV. Dans ces manuscrits qui commencent à paraître à la fin du xiv° siècle pour cesser vers le milieu du xvi°, est placée à chacune des heures canoniales de l'office une grande miniature représentant un sujet consacré à chaque division, puis le texte qui suit est encadré d'une riche bordure d'enroulements, avec des fleurs et des fruits, et des animaux fantastiques s'agitant au milieu d'arabesques changeant avec chaque page. L'exposition de Rennes offre à l'œil une jolie collection de ces Heures à la Vierge. L'élégance de la décoration et la beauté de la peinture sont variées suivant le goût du seigneur ou de la châtelaine, ou suivant le prix que leur fortune pouvait mettre au secours de leur piété; mais il en est dont les miniatures grandes ou petites, les capitales ou lettres torneures, les encadrements or, azur et couleur, sont d'une fraîcheur de coloris si parfaite, d'une exécution si soignée, d'un fini si précieux et d'une minutie de détails si complète, qu'on ne sait ce dont il faut le plus s'étonner, du talent ou de la patience de l'artiste. C'était dans le fond des cloîtrés que les imagiers se livraient à ces douces et longues occupations, et il est telle de ces heures illustrées qui a dû prendre toute une vie de pauvre moine. Nous admirons le travail, et le nom de l'artiste est inconnu; qu'importait cette vaine gloire à son humilité chrétienne! On doit montrer aussi une grande miniature tirée d'un missel, représentant la Nativité, un cadre renfermant 12 charmantes miniatures extraites d'Heures à la Vierge, puis, pour passer du sacré au profane, deux remarquables miniatures coupées dans une traduction française des vies de Suétone. Il est bien à déplorer que ces beaux manuscrits aient été ainsi mutilés; mais du moins la curieuse barbarie de celui qui y a porté les ciseaux a sauvé ce qui en reste. Les amateurs de l'ancienne musique sacrée pouvaient jeter les yeux sur un antiphonaire in-folio de la même époque, du xve siècle. Enfin, il faut terminer l'énumération de ces richesses manuscrites en faisant remarquer cet immense rouleau qui, partant du plafond élevé, se déroule jusqu'à terre : c'est une grande histoire universelle de la chrétienté disposée en quatre colonnes, où figurent synoptiquement les quatre grandes puissances : la Papauté, l'Empire, la France et la Grande-Bretagne. L'auteur français s'est arrêté au sacre de Louis XI, dernier évènement contemporain, et l'œuvre est enrichie d'une série de médaillons offrant les portraits des rois de France, tels qu'on est convenu de les représenter, sans se montrer difficile sur leur authenticité.

Lorsque l'**Imprimerie** parut et vint donner à l'esprit humain ce mouvement qui ne doit jamais s'arrêter, les prétentions de l'art nouveau étaient modestes, et il ne songeait qu'à imiter, en les reproduisant, les manuscrits que leur cherté ne mettait qu'à la disposition de quelques-uns. Les *incunables* les retracent à s'y méprendre, témoin cette bible : impressa in felici venetorum civitate sumptibus et arte hieronymi de paganinis Brixiensis anno gratie mcccclxxxxij,

caractères gothiques à deux colonnes; et bien qu'il semblât
que la typographie nouvelle ne dût pas se jouer à l'imitation
de ces splendides Heures à la Vierge, elle ne reculait point
devant cette concurrence. Voici des Heures imprimées à
Paris, sur vélin, par Philippe Pigouchet, à l'usage de Poitiers : 𝕳𝖔𝖗𝖊 𝖎𝖓𝖙𝖊𝖒𝖊𝖗𝖆𝖙𝖊 𝖛𝖎𝖗𝖌𝖎𝖓𝖎𝖘 𝖒𝖆𝖗𝖎𝖊 𝖘𝖊𝖈𝖚𝖓𝖉ū 𝖚𝖘𝖚𝖒
𝕻𝖎𝖈𝖙𝖆𝖚𝖊𝖓. En voici d'autres imprimées à Paris par Guillaume
Anabat, rue Saint-Jean-de-Beauvais, à l'enseigne des Conils,
pour l'usage de Paris. En voici pour l'usage romain : 𝕳𝖔𝖗𝖊
𝖉𝖎𝖛𝖊 𝖛𝖎𝖗𝖌𝖎𝖓𝖎𝖘 𝖒𝖆𝖗𝖎𝖊 𝖘𝖈ō𝖒 𝖛𝖊𝖗𝖚𝖒 𝖚𝖘𝖚𝖒 𝖗𝖔𝖒𝖆𝖓𝖚𝖒 𝖎𝖒𝖕𝖗𝖊𝖘𝖘𝖊
𝖕𝖊𝖗 𝖙𝖍𝖎𝖊𝖑𝖒𝖆𝖓𝖓 𝕶𝖊𝖗𝖚𝖊𝖗. La date est à la fin : 𝕱𝖎𝖓𝖎𝖙 𝖔𝖋𝖋𝖎𝖈𝖎𝖚𝖒
𝖇𝖊𝖆𝖙𝖊 𝖒𝖆𝖗𝖎𝖊 𝖛𝖌𝖎𝖓𝖎𝖘 𝖘𝖈ō𝖒 𝖚𝖘𝖚𝖒 𝖗𝖔𝖒𝖆𝖓𝖚𝖒 𝖎𝖒𝖕𝖗𝖊𝖘𝖘𝖚𝖒 𝕻𝖆-
𝖗𝖎𝖘𝖎𝖎𝖘 𝖆𝖓𝖓𝖔 𝖉𝖓𝖎 𝖒𝖉𝖎𝖎𝖎𝖏, goth., lettres rouges et noires, avec
vingt grandes gravures, encadrements, vignettes, capitales or
et couleur, rel. mar. r., fil., dent.; et si ce n'était la différence inévitable de l'écriture à l'imprimé, de la miniature à
la gravure noire, on croirait avoir sous les yeux un de ces
manuscrits si parfaitement imités dans toutes leurs disposi-
tions. Ces reproductions se continuèrent encore, ainsi que
l'attestent d'autres Heures sur vélin, qui portent : 𝕮𝖊𝖘 𝖕𝖗𝖊-
𝖘𝖊𝖓𝖙𝖊𝖘 𝖍𝖊𝖚𝖗𝖊𝖘 𝖆 𝖑'𝖚𝖘𝖆𝖎𝖌𝖊 𝖉𝖊 𝕽𝖔𝖒𝖊 𝖔𝖓𝖙 𝖊𝖙é 𝖋𝖆𝖎𝖈𝖙𝖊𝖘 à 𝕻𝖆𝖗𝖎𝖘
𝖕𝖔𝖚𝖗 𝕾𝖎𝖒𝖔𝖓 𝖁𝖔𝖘𝖙𝖗𝖊 𝖑𝖎𝖇𝖗𝖆𝖎𝖗𝖊 𝖒𝖉𝖝𝖝, et qui sont en goth.,
lettres rouges et noires, vingt-trois grandes gravures, encadrements, vignettes, lettres ornées, capitales or et couleur,
rel. v. f., belles marges. L'impression est aussi parfaite que
celle de la typographie moderne, et la gravure sur bois, bien
qu'exécutée avec les anciens procédés sur bois de fil, n'aurait
rien à envier à ce que les graveurs de nos jours exécutent de
plus délicat sur bois debout. Depuis lors, l'imprimerie a suivi
sa destinée, et marchant à grands pas dans la voie qu'elle
s'est tracée, elle est devenue ce flambeau universel qui doit
éclairer l'humanité tout entière.

TROISIÈME PARTIE. — ETHNOGRAPHIE.

Quelques esprits auront peut-être pu s'étonner au premier abord de voir exposée, à côté des productions de l'art ancien, une réunion d'objets paraissant moins du domaine de la science que de la curiosité, venus des points les plus éloignés du globe, appelés par un caprice quelquefois frivole, et qui ne doivent leur faveur qu'à la mode, qui les accueille aujourd'hui sauf à les repousser demain. Mais la véritable science n'a point une semblable sévérité. Elle soumet l'art à son examen de quelque part qu'il vienne, sous quelque forme qu'il se montre. Elle l'a étudié en Europe, elle va l'étudier en Asie; dans la civilisation de la Chine et de l'Inde, comme dans les essais primitifs des peuplades océaniennes. Elle l'étudiera en Afrique comme dans l'Amérique. Et d'ailleurs, ne faut-il pas aussi bien, pour apprécier ces arts éloignés, s'enfoncer dans les temps reculés? La Chine et l'Inde sont-elles donc si modernes? Même nos arts anciens leur ont fait des emprunts. Pour d'autres pays, la distance compense le temps; le sauvage de l'Océanie, avec ses armes de pierre, est encore en ce moment ce qu'était autrefois le sauvage habitant de la Gaule. Ce dernier a grandi; le premier est resté dans l'enfance.

La **Chine**, avec son écriture mystérieuse et son industrie bizarre, a toujours eu le privilége d'exciter la passion des collectionneurs de curiosités. L'éclat et la beauté de ses porcelaines, de ses laques et de ses mille produits de fantaisie les ont fait rechercher avec d'autant plus d'ardeur qu'il était plus difficile de pénétrer dans ce pays, qui n'était pas seulement fermé par la grande muraille. Aujourd'hui, pour nous et par nos armes, la Chine est ouverte. L'archéologie de l'Extrême-Orient va prendre sa naissance, et le moment viendra où la science pourra, avec autant de sûreté que pour nos arts, distribuer dans l'ordre des temps les séries de l'art chinois. Avant de classer, il faut recueillir et chercher ensuite à se reconnaître au milieu de cette multitude variée de toutes formes et de toutes couleurs. Voyez ces porcelaines : ce sont des potiches grandes et petites, des vases de dimension colossale ou presque microscopique, des plats longs ou ronds d'un diamètre étonnant, des assiettes plates ou creuses en nombre infini, des saladiers, des bols, des compotiers, des théières, des tasses avec leurs soucoupes, des fontaines, des rafraîchissoirs, des pots à fleurs, des magots, des personnages et des animaux fantastiques, etc., etc. Tout cela est blanc ou bleu, doré, émaillé ou coloré; c'est rouge; c'est vert, c'est à éblouir. Il faut commencer par distinguer les porcelaines de Chine, de celles du Japon; les premières ordinairement décorées de peintures en relief, les secondes avec des peintures lisses. Il faut distinguer encore le *vieux-Chine* et le *vieux-Japon* du Chine et du Japon modernes, ce qui se reconnaît à la fabrique, au dessin et au coloris. Les porcelaines *de commande* doivent aussi être discernées. Ce sont des pièces exécutées en Chine sur des modèles et des dessins français, anglais ou allemands, commandées par la Compagnie des Indes, et destinées à des usages exclusivement européens. La Compagnie avait un comptoir de vente à Lorient, ville créée exprès par elle en 1717, et de là se sont facilement répandues en Bretagne ces porcelaines de toute espèce qui viennent enrichir les vitrines de l'Exposition. Le *vieux-Chine* s'y fait remarquer d'une manière toute particulière; de grandes potiches, des plats au dragon impérial, et de belles pièces de la famille verte méritent une mention spéciale. A quelles époques remontent toutes ces porcelaines anciennes si dignes d'attention, et qui sont rares même en Chine? Il faut se borner à poser la question.

Mais ce n'est pas seulement dans la céramique que l'art chinois a excellé. L'industrie chinoise a brillé par ses vernis, elle a été sans rivale dans l'emploi de la gomme-laque. Mais là encore il faut savoir distinguer le *vieux-laque* du nouveau. L'Exposition montre de l'un et de l'autre, et en cela, comme dans les porcelaines, on peut en faire la différence. Ces écrans, ces boîtes et coffrets et ces panneaux en vieux laque sont, ainsi que ces porcelaines laquées, des types utiles en ce genre. Les Chinois ont aussi employé l'émail comme la laque pour vernis ou décoration. Des pièces de cuivre émaillé ressemblent par leur couverte à de la porcelaine, et peuvent servir aux mêmes usages. On cite de cette fabrication un surtout de table décoré avec la plus grande finesse dans tous ses compartiments.

Chez l'artiste chinois tiennent lieu de talent et de génie l'adresse et l'habileté de main, et quelquefois elles sont poussées jusqu'à tenir du prodige. Leur sculpture en fait preuve. L'ivoire est découpé en dentelle avec une telle délicatesse qu'on a souvent à se demander comment il est possible d'arriver à une telle dextérité d'exécution. On doit admirer ici les pièces d'un jeu d'échecs en ivoire se dressant sur un échiquier en laque, des montures d'éventail en ivoire ou en bois de santal, ou des éventails eux-mêmes tout entiers. Mais ce qui dépasse toute imagination, c'est une série concentrique de sept boules d'ivoire entièrement découpées à jour dans tout leur contour et roulant en tournant sur elles-mêmes, entièrement dégagées et indépendantes l'une de l'autre. Qu'on ait pu arriver à creuser et évider ainsi cette masse solide d'ivoire au moyen de quelques ouvertures ménagées, et par lesquelles on aperçoit se mouvant ce curieux travail, c'est un fait dont il faut bien convenir puisqu'il est sous les yeux. Il faut certes pour un pareil résultat un miracle de patience et d'adresse; mais le temps dépensé est-il donc en rapport avec l'impor-

tance de ce chef-d'œuvre de découpure? Ce n'est rien de plus
qu'un jouet merveilleux. La pierre de lard, par le moelleux
qu'elle offre à l'outil, se prête facilement aussi à ce genre de
sculpture. Voici un fagot de branchages. Les petites branches
et les feuilles s'entrelacent sans se presser, l'air circule : le
vent pourrait les agiter.

On peut juger par les sculpteurs de cette force comment
les peintres reproduiront la nature. C'est un fini semblable.
On compte les feuilles des arbres et les brins d'herbe. La
couleur est sans pareille par la fraîcheur, la vivacité et la
riche crudité du ton. Pour la perspective, les maisons du
second plan sont sur la tête des personnages du premier, et
les montagnes et les fabriques du dernier plan dansent dans
les airs. C'est ainsi que sont traitées de charmantes peintures
chinoises sur papier glacé, sur papier de riz, sur panneau ou
sur vitre étamée.

L'**Inde** est aussi le pays des merveilles de la nature et de
l'art; de nombreux produits de cette industrie soignée et
minutieuse se font également remarquer. Des bronzes et des
marbres figurant des divinités aux formes symboliques, des
éventails, des chasse-mouches, des poteries fines, des gargou-
lettes, des brûle-parfums, des pipes, des glaces aux riches
encadrements d'ébène, des objets sans nombre destinés aux
usages de la vie indienne, s'étalent sur les tablettes. Quelques
peintures sont dignes d'intérêt, entr'autres un portrait authentique de Tippoo-Saeb, sultan de Mysore, qui balança la fortune de l'Angleterre et périt en 1799, vaillamment, les armes
à la main, comme il convenait de mourir à un brave et fidèle
allié de la France.

La **Perse** envoie de la verrerie et de la porcelaine, un
narghilé que les manufactures d'Europe ne feraient pas avec
plus de perfection. La **Turquie**, des coffrets nacre et écaille,
des étagères et des consoles en bois peint, orné de fleurs,

des parfums et des ajustements destinés à ces pauvres femmes renfermées dans les sérails de l'Orient.

Au-dessus rayonnent des **panoplies** formées d'armes de toutes les nations : c'est dans les instruments de destruction que brille le génie humain; l'industrie les forge, l'art les embellit; le sabre chinois ou cochinchinois, l'arc tartare, le cric malais, le poignard indien, la lance et la zagaie de l'Océanie figurent avec les cimeterres musulmans à la lame recourbée, avec le candgiar turc et le yatagan arabe.

Il n'est point à craindre, en finissant par le Nouveau-Monde, d'encourir le reproche de laisser bien loin l'archéologie. Jusqu'où remontent les antiquités du Mexique ou du Pérou, et qui peut assigner une date à ces monuments qui déjà, lors de la conquête de Fernand Cortez et de Pizarre, se perdaient dans la nuit des temps, bâtis par des générations dont le souvenir même était perdu chez les générations qui leur avaient succédé ? Voici des poteries de forme étrange déterrées dans la mystérieuse Palenqué, cette ville du désert, aux constructions gigantesques, qui ne sont plus habitées que par le silence. En voici d'autres venant du Pérou et tirées de sépultures de races oubliées depuis des siècles. Qui nous révèlera les morts de ces tombeaux? L'ancien monde ne l'est-il plus que de nom? Et que sont notre histoire d'hier et nos antiquités d'un jour en présence de ce passé sans livre et de ces monuments aux traditions éteintes?

En écoutant cette longue description dans laquelle nous avons fait passer devant vous tant de petits trésors, bien des fois n'avez-vous pas été tentés d'interrompre pour demander le nom de l'heureux possesseur et savoir où retrouver ce qui, tiré de l'obscurité pour l'exhibition, doit y rentrer ensuite pour ne plus reparaître ? L'humble toit du modeste habitant,

comme la somptueuse demeure du riche, nous ont également
ouvert leurs portes : l'unique objet d'art, précieux souvenir
de famille ou seul débris d'une vieille opulence, nous a été
livré comme la belle galerie de tableaux, comme les richesses
artistiques accumulées par la prospérité. C'est que nous ne
demandions pas seulement au nom de l'art; nous sollicitions
au nom des pauvres, à qui était destiné le produit de cette
Exposition. La femme qui, pour cette œuvre de charité, enle-
vait de sa couche sa croix ou son bénitier, savait que sa prière
n'en serait pas moins bien accueillie de Celui qui tient compte
du verre d'eau; mais aussi quelle modestie ne s'est pas sain-
tement effarouchée de voir son nom livré à la publicité, car
la main gauche ne doit pas connaître le bien que fait la main
droite. Trop souvent donc le secret nous a été commandé, et
nous ne pouvons le rompre. Qu'il nous soit du moins permis
de remercier en votre nom, au nom de l'art, au nom des
pauvres, toutes les personnes bienveillantes, amies des beaux-
arts, consolatrices de toutes les souffrances, qui ont bien
voulu répondre à notre appel, se dépouiller pour enrichir la
science, pour enrichir les pauvres.

Mais, toutefois, il est deux noms que nous ne saurions
être contraints d'envelopper dans le même silence. Si, en
effet, nous vous disions que c'est au bon accueil que l'idée de
cette exhibition a trouvé chez M. Féart, préfet du département, qu'elle a dû de voir le jour; que, par une ouverture
de crédit, il a garanti le paiement de nos dépenses pour le
cas, qui ne s'est pas heureusement réalisé, où elles ne se
trouveraient pas couvertes par les recettes; qu'il a réglementé
les détails, protégé, encouragé l'exécution; pourrions-nous
taire en même temps que c'est à lui qu'appartient la croix de
Henriette de France, refuge des tristesses de cette reine
infortunée? — Que si nous vous disions que c'est à l'Hôtel-
de-Ville que l'Exposition a trouvé l'hospitalité la plus em-

pressée, et que M. Robinot de Saint-Cyr, maire de Rennes, nous y a donné tout son concours, pourrions-nous en même temps oublier que c'est à lui qu'appartient cette magnifique soupière de faïence qui nous montre dans tout son éclat le *vieux-Rennes*?

Il est juste aussi de faire connaître toute la part qu'ont prise à notre Exposition deux commerçants de cette ville : M. Begaud et M. Grasland, marchands d'objets d'art et de curiosité. Ils ont bien voulu mettre pour nous leurs magasins à notre disposition, et, chaque fois qu'un objet nous manquait pour compléter une série, nous le trouvions chez eux d'une manière inépuisable. Qu'ils en reçoivent ici, pour tous les amateurs, nos remerciements. La science qu'ils servent s'étend par leur efforts comme par les nôtres.

Tel a été l'ensemble de cette exhibition, qui laissera un excellent souvenir en fournissant à tous des notions de l'histoire de l'art, et vulgarisera les études archéologiques en mettant chacun à même d'apprécier l'âge et l'importance des objets placés sous ses yeux. Tout ce qui, sans elle, aurait péri, tout ce qui, par elle, sera sauvé, lui devra la vie, car sa conservation sera son ouvrage, et la Société d'Archéologie aura touché son but en accomplissant son entreprise. Quand l'Exposition n'aurait eu que ce seul effet : la découverte du *vieux-Rennes*, ce serait déjà un assez beau résultat pour qu'on puisse se contenter de lui seul; mais toutes les branches de nos recherches en ont senti la plus vive impulsion : nous avons planté l'arbre, le soleil l'a éclairé, et les fruits viendront récompenser nos travaux.

ANDRÉ.

Rennes. — Imp. de Ch. Catel et Cⁱᵉ.